À ma mort

Écrit et illustré par Vincent BETAY

Prologue

Le monde est ; nous devenons ; nous mourrons ; c'est l'indéniable « réalité ». La matière et la vie ont-elles une origine, un sens, une fin ? Ou, existent-elles simplement sans autre raison que d'être ?

Il n'est d'autre manuel pour la conscience que l'univers dans lequel elle est apparue. C'est probablement ce qui nous pousse à donner une signification à notre destinée, par le biais de la religion, de la science ou de nos actions.

I — L'homme au balcon

Je la sens, tapie dans l'ombre de mon âme, suçant la moelle de mes ambitions, dévorant en moi jusqu'aux plus petits espoirs, rongeant une à une les chaînes de mon existence. Un travail aliénant, des relations humaines superficielles, un avenir incertain dans un monde en déclin ? Ces liens-là sont rompus depuis bien longtemps. Ce qui me retient à présent est bien plus futile, davantage artificiel et fragile.

Chaque soir, après avoir accompli ma journée typique d'esclave lambda de la société, je retrouve le confort de ma cage à lapin : un studio de vingt mètres carrés dans un grand immeuble d'Évry. Une ville située dans le 91, tristement réputée pour sa délinquance omniprésente. Gangs, trafics de drogue, braquages, viols, incendies criminels, caillassage de toutes formes d'autorité. Tous les qualificatifs d'une zone de non-droit lui sont attribués. Difficile de trouver mieux avec le salaire d'un smicard, en outre, je réside à une heure de mon lieu de travail, soit dix minutes de moins que le banlieusard moyen. En écartant le fait que je risque tous les jours de me faire agresser ou racketter, je devrais en théorie me satisfaire de mon sort.

La première bouffée d'air arrive au moment où je quitte ce wagon à bestiaux qu'est le RER. La seconde, quand la porte de mon domicile claque derrière moi. Il est 19 h 33, c'est sans aucun doute le meilleur moment de la journée. Je jette ma veste sur le porte-manteau, et me dirige vers le frigo pour y prendre une bière. Comme trop souvent, en dehors d'un pack de six, il est vide. Je commande donc une pizza par téléphone, puis m'affale sur mon canapé-lit. J'allume alors la télé pour regarder un de ces programmes débilitants et trente minutes plus tard, le livreur, un autre esclave lambda, frappe à ma porte. Je me délecte ainsi, de ma pitance de fidèle au culte de la consommation. Je me gave de cette nourriture industrielle impropre, et ce jusqu'à l'écœurement.

Désœuvré, je démarre ma console de jeux et lance une sauvegarde de mon RPG favori du moment. J'apprécie tout particulièrement les RPG japonais. Ceux-ci vous transportent à coup sûr dans une aventure, où votre personnage, aux tragiques antécédents, se relèvera en se faisant de loyaux compagnons. Par la suite, il rencontrera l'amour. Puis, au cours de combats épiques mêlés de drames et intrigues, il affrontera ses démons passés. Le tout se dénouera alors sur une conclusion influencée par les maigres choix du joueur.

Au fond, sur ce plan-là, l'avatar et moi sommes-nous si différents ? Ma vie n'est-elle pas un script, dont les variables d'entrées seraient le milieu social dont je suis issu, mon apparence physique et mes facultés mentales ? Tels des points que l'on attribue à son personnage lors de sa composition. Lui au moins, a la chance d'être conçu par son créateur de façon à ce qu'il puisse se réaliser. Il est le héros de son monde, le centre des attentions. Moi je ne suis rien, je n'ai pas de grand destin. Mon existence n'a pas de sens, si ce n'est de contribuer comme un ouvrier, à la gigantesque fourmilière déshumanisée qu'est notre civilisation moderne.

C'est une fois que je mets le jeu en pause pour fumer une blonde, que ces pensées me viennent. À mon grand dam, je suis juste assez intelligent pour me poser ce genre de questions. Si seulement j'avais la capacité d'ignorer ces faits, la vie me paraîtrait plus supportable.

Je la sens progresser, elle se dresse maintenant devant l'ultime rempart, l'instinct de survie dont nous sommes tous munis. La fonction même qui nous pousse à vouloir vivre, aussi rude et pitoyable que notre existence puisse être. Pourquoi chez certaines personnes, cet instinct ne se développe-t-il guère ? C'est un paradoxe des théories de l'évolution et de la sélection naturelle. De toute évidence, pour moi, cet instinct se dégrade à vive allure. À chacun de ses assauts, de nouvelles pierres tombent, laissant apparaître de multiples brèches qu'elle ne manquera pas d'exploiter par la suite.

Que se passera-t-il après, aurais-je le supplice d'une autre partie ? Devrais-je recommencer à zéro ? Dans cette supposée seconde existence, les cartes seront-elles redistribuées ? Ou alors… ma conscience va-t-elle simplement s'évanouir dans le néant ?

Elle m'accable d'être encore ici, je touche le fond du trou, mettons un terme à cette destinée absurde. Seulement, en suis-je vraiment capable ? Pour le vérifier, je sors sur le petit balcon de mon studio. Sous le ciel sombre d'une nuit sans lune, la pluie se déverse sur moi tel un torrent de larmes. Comme uniques sources de lumière, ces innombrables autres cages à lapins m'encerclent et m'oppressent, m'évoquant à chaque instant la nature insipide de mon existence.

Je demeure au quatrième étage, en m'écrasant sur le bitume, je suis certain de la rencontrer. Je pèse longuement le pour et le contre. Je vis depuis trente et un ans déjà, mettre un terme à tout cela est d'une violence inouïe quand j'y pense. Tous ces plaisirs, toutes ces souffrances, ces joies, ces efforts, pour en arriver là. Ces visages que j'ai croisés, ces discussions que j'ai pu avoir, ces souvenirs, ce savoir que j'ai acquis au fil des ans. Rien ne subsisterait.

Non, ces choses ne pèsent plus dans la balance. Les ingrédients sont réunis : je suis seul, l'atmosphère est morose et je me sens suffisamment mal pour le faire. L'ultime rempart vient de s'écrouler. Je me glisse de l'autre côté de la balustrade et lâche prise. Une quinzaine de mètres me sépare de la délivrance, et de toute mon âme, j'emmerde ce monde !

Mon cœur bat plus fort que jamais, c'est extraordinaire, dans ces derniers instants j'ai à nouveau l'impression de vivre.

…

L'univers s'arrête.

…

Mes yeux s'ouvrent sous un ciel noir, la pluie frappe mes pupilles et je m'éveille en souffrance. Je tousse, je crache mes poumons et la tête me tourne. Ce maudit « Je », qui, mêlé à la douleur, me fait âprement comprendre que JE suis toujours en vie.

En observant les alentours à la recherche de repères, j'identifie ma position : le parvis de mon immeuble se trouvant pile sous mon balcon. Puis, je sens quelque chose sous mes jambes, c'est le corps d'un homme ! Il ne bouge pas !

Des trombes d'eau se déversent du ciel. Au prix d'un effort douloureux, je parviens à me mettre à genoux. L'individu gît face contre terre. Je secoue sa carcasse inanimée en espérant une réaction, mais rien. Je tente alors de le faire tourner, mais quand j'aperçois son crâne fracassé, je le lâche aussitôt, le laissant basculer dans sa position initiale. Je l'ai reconnu, c'est le dealer qui occupe l'appartement au-dessus du mien, une petite frappe qui vit aux crochets de la société et vend de l'héroïne dans le hall de notre immeuble.

Je ne juge pas ceux qui profitent du système, après tout, il est conçu pour exploiter les petites gens, et cela pour satisfaire une élite minoritaire et illégitime. Mais ce gars-là, c'est une ordure de premier ordre. Je l'ai vu à maintes reprises racketter sa clientèle sans donner la moindre dose. J'ai même entendu dire qu'il viole des filles en manque dans son appartement. Je suis manifestement tombé sur lui dans ma chute, ce qui l'a amortie. Par la faute de ce salopard, j'ai survécu, alors que lui qui n'avait rien demandé l'a trouvée.

Frappé d'une forte nausée, je me relève, fais quelques pas et vomis dans l'herbe sur le bas-côté. C'est donc cela qu'on ressent la première fois que l'on prend une vie, même par accident, le résultat n'en est pas moindre.

Machinalement, je regarde autour de moi, personne ne semble avoir assisté à la scène. Je rejoins alors tant bien que mal mon appartement, referme la porte et m'effondre dans l'entrée. Mon cœur bat vite et j'ai des sueurs froides. Peut-être ai-je réussi finalement, une hémorragie interne aura raison de moi. Je clos ainsi mes paupières, espérant ne plus jamais les ouvrir.

...

Le lendemain, le réveil est difficile. Ma bouche est pâteuse et j'ai l'impression de m'être fait rouler dessus par un bus. Le simple fait de devoir me redresser demande un effort considérable. J'imagine qu'on ne peut pas sortir totalement indemne d'une chute de quatre étages.

Soudainement, le film de la veille se rejoue dans mon esprit, je retourne alors sur le balcon. La porte-fenêtre est restée ouverte. Je n'ai pas pris la peine de la refermer hier en rentrant. En m'approchant de celle-ci, je marche dans une flaque d'eau issue de l'averse. En temps normal, cela m'aurait agacé, mais je suis encore déboussolé. Une fois sur le balcon j'observe en bas, mais rien ! ai-je rêvé ? Non, c'est impossible, la souffrance physique que je ressens en témoigne.

Je regarde l'heure sur ma montre, mais contrairement à moi, celle-ci n'a pas survécu. Je sors alors mon portable de ma poche, il fonctionne toujours et affiche 16 h 27, j'ai dormi plus de quinze heures ! Mince, quel jour sommes-nous ? Ouf samedi ! Je ne travaille pas. C'est fou comme les mécanismes ont la peau dure. Hier, j'ai tenté de mettre un terme à ma vie en tuant un homme dans l'opération et maintenant, voilà que je m'inquiète de manquer une journée de boulot. J'agis comme un automate dont l'algorithme serait dans un état imprévu par son concepteur.

Que dois-je faire à présent ? Où se trouve le dealer ? Ne serait-il pas mort finalement ? Comment puis-je m'en assurer ? Une longue liste de questions se dresse dans mon esprit.

Soudain, on frappe à ma porte. Qui est-ce ? La police ? Quelqu'un a dû voir ce qu'il s'est passé. Va-t-on en prison pour ce que j'ai fait ? La panique me gagne, je m'étais préparé à en finir, mais pas à finir derrière les barreaux.

Trois nouveaux coups se succèdent, suivis par la voix familière et chevrotante de ma voisine de palier. Une vieille dame vivant seule, avec qui j'aime parfois discuter. Mais plus encore, écouter ses histoires sur les trente glorieuses. Quand elle me parle de cette époque, c'est comme si l'on me racontait un conte de fées. Cela me réconforte de savoir, qu'il n'y a pas si longtemps l'humanité a pu aspirer à de grands rêves. Que les mots famille et amis aient eu un sens profond, mais je m'égare.

Je traverse mon studio en passant de nouveau dans cette maudite flaque d'eau, puis déverrouille la porte. Celle-ci s'ouvre alors sur l'expression choquée de Nadine, ma voisine. Couvrant son front de ses deux mains elle s'exclame :

— Mon Dieu, que t'est-il arrivé ?

En voyant mon air déconcerté, elle me saisit par le poignet et m'entraîne dans son appartement. Ce dernier est mitoyen au mien. Une fois dans sa cuisine, elle m'assied sur une chaise et m'apporte un miroir. À ma grande surprise, la partie droite de mon visage est tuméfiée. Nadine s'absente pour revenir quelques instants plus tard, avec une trousse de premiers soins et un tube de bétadine.

En m'appliquant délicatement la crème, elle me demande ce qu'il m'est arrivé. Pris de court, je lui donne sans réfléchir la pire excuse du monde, je cite : « J'ai chuté dans les escaliers ». Un silence marqué s'écoule, puis elle lance d'un ton du genre à qui l'on ne la fait pas :

— Ça a dû être un sacré plongeon !

Face à mon mutisme embarrassé, Nadine se met alors à évoquer un incident qui se serait produit la nuit dernière. L'information déclenche aussitôt chez moi une sensation des sueurs froides me parcourant le dos.

— Ils ont retrouvé le voisin du dessus mort ce matin, devant l'immeuble. D'après le policier auquel j'ai parlé, un junkie lui aurait fracassé le crâne contre le sol. C'est pour cela que je suis venue frapper à ta porte, pour vérifier que tu allais bien, m'explique-t-elle calmement.

Il n'y a donc pas eu de témoins, c'est déjà ça. Quels indices pourraient les mener jusqu'à moi ? Des traces de mon sang, ou encore, les restes de pizza que j'ai régurgités dans l'herbe… quoi d'autre ? Nadine me pose alors une compresse sur l'arcade droite, et y applique quelques morceaux d'adhésif afin de la maintenir en place. Puis elle me dit d'une voix presque maternelle.

— Je ne pense pas que l'auteur du crime ait à s'inquiéter. La police n'avait pas l'air d'être motivée à élucider quoi que ce soit. Ils ont d'autres chats à fouetter que de chercher le meurtrier d'une ordure pareil. Encore un que personne ne va regretter si tu veux mon avis !

Avec gratitude, je reçois les paroles réconfortantes de Nadine.

— Et voilà, tu devrais retourner te coucher. Dans ton état, tu as besoin de dormir. Je t'apporterai à manger ce soir, dit-elle.

Je la remercie pour son aide et rejoins mon appartement. De nombreuses questions me viennent à nouveau à l'esprit. Vais-je m'en tirer aussi facilement ? Ce que j'éprouve maintenant, est-ce un sentiment de culpabilité ? De la culpabilité pour cet enfoiré, cette ordure que j'ai espéré voir mourir au moins cent fois. Certainement pas ! J'expérimente simplement le dégoût d'avoir mis un terme à l'existence d'un autre être humain. C'est étrange, pourquoi n'ai-je pas ressenti le même dégoût lorsque j'ai attenté à ma propre vie ?

Stop ! reprends-toi ! Il est indéniable que je ne peux plus continuer à vivre comme auparavant. J'ai emprunté une route à sens unique, ouvert la boite de Pandore, aucun retour possible ! Je n'attache plus aucune importance à cette vie, mais ma mort, elle, doit avoir une raison d'être. Un simple suicide ne suffira plus, cet évènement m'a montré la voie. Je vais ériger mon trépas, tel un doigt d'honneur à tout ce que je hais en ce monde.

Je n'agirai pas comme ces terroristes, qui frappent aveuglément en brandissant des bannières hypocritement détournées. Mes actes ne seront pas le fruit d'une vengeance personnelle. Au moins, pas à l'égard des salauds que je punirai.

À l'opposé de la prétendue justice de notre société, un statut social privilégié ne sera qu'un facteur aggravant pour mes victimes. J'ignore jusqu'où cela me mènera et m'en moque, car je n'ai rien à perdre ni à gagner. J'offre ma mort, je la dépose sur l'autel de ma dernière ambition, afin, peut-être, d'apporter un soupçon de sens à mon existence.

II — Le molosse

Chacune de mes foulées fait résonner en moi le fracas d'une fuite effrénée. Je file, que dis-je, je cavale au-delà de mes forces. Derrière moi, trois émissaires du Molosse s'apprêtent à me délivrer un message de souffrance. Ce cerbère, s'il m'attrape, je serai dépecé et dévoré sans vergogne. J'avais imaginé une fin digne, plus romanesque. Si tel doit être mon destin, je me suis promis de l'accepter. Mais il est trop tôt, je n'ai pas encore assouvi cette soif. Il est de mon devoir d'agir pour prolonger ma quête.

Qu'ai-je donc si bien foiré ? À quel moment, en quel lieu me suis-je fourvoyé ?

Oui, il y a trois jours. C'est là que tout a commencé.

Samedi, je suivais les conseils de Nadine, et me reposais le restant de la journée. Le soir comme promis, elle m'apportait un bouillon de poule. Un plat tout à fait appréciable en ce début d'hiver. Une fois terminé, ce repas m'enjoignait à une sieste digestive. Durant la nuit, par trop de vigueur retrouvée je me levais frais comme un gardon. Pour la première fois depuis toujours, une flamme viscérale brûlait en moi. De crainte de la voir s'éteindre, je commençais à chercher de quel bois j'allais pouvoir nourrir son foyer.

À vrai dire, les idées, ce n'était pas ce qui me manquait. Mais la plupart exigeaient une certaine expérience en la matière, ainsi qu'un minimum de préparation. J'hésitais longuement entre deux options :

un cas de harcèlement sur mon lieu de travail. Ou alors, continuer sur ma lancée et m'attaquer aux « Hoodsters », un gang qui avait la mainmise sur mon quartier. D'ailleurs, l'homme que j'avais accidentellement tué était un de leurs dealers. « Chico » de son nom de rue, un pseudonyme lui venant certainement de ses quatre énormes incisives.

Bref, la disparition de Chico n'allait pas changer grand-chose à la situation de mon quartier. D'ici peu, un autre membre de son gang allait le remplacer. Je décidais donc de m'occuper de ce cas, ou plutôt de leur cas.

N'étant ni un meurtrier ni une brute. J'en étais venu à la conclusion qu'employer la force était pour l'instant prématuré. Néanmoins, je ne voulais pas me l'interdire définitivement, je n'étais simplement pas encore prêt à le faire. J'optais ainsi par défaut, pour la méthode cérébrale. Je devais trouver le moyen de leur nuire, leur servir leurs propres plats frelatés, avec un zeste de sournoiserie pour relever le tout.

Pour cela, je devais commencer à collecter des informations : leurs noms, adresses et habitudes. En clair, toutes choses que je pourrais employer contre eux, et cela sans éveiller les soupçons. C'est alors que cette pensée insolite, du moins, pour l'être soumis aux lois que j'étais naguère, m'est venue. J'allais m'introduire dans le logement de Chico, et y chercher tout renseignement pouvant m'être utile.

L'idée, bien que bonne, n'en demeurait pas moins complexe à mettre en œuvre. La seule expérience que j'avais en matière de crochetage de serrure était issue d'un jeu vidéo pas des plus réalistes. Toutefois, une solution alternative permettait d'accéder à l'appartement : le balcon. En effet, l'immeuble que j'habite date des années soixante. Époque où l'on a construit en masse ces ignobles tours. Les portes-fenêtres des balcons demeurent pour la plupart d'origine et disposent d'un mécanisme de fermeture vieillissant. Or celui de mon studio saute au moindre choc. Il était quasiment certain qu'il en fut de même pour les autres. Celui de mon défunt voisin du dessus ne devait pas faire exception.

Restait à trouver la méthode pour passer de mon balcon au sien, juste au-dessus. De surplus, je devais agir vite, car il y avait fort à parier que le gang des Hoodsters enverrait rapidement des hommes récupérer la marchandise de Chico. Chaque heure écoulée augmentait le risque de voir cet évènement se produire, je devais donc improviser en faisant avec les moyens du bord.

C'est ainsi que je descendais en pleine nuit dans la cave, en quête de matériel pour fabriquer un grappin de fortune. Était-ce la providence qui me fit tomber sur une vieille corde de cinq mètres, ou plutôt qu'un de mes voisins gère une petite société de déménagement ? Bien sûr, je savais qu'il laissait fréquemment ce genre d'objet dans le débarras. Après être remonté avec ma trouvaille, j'entrepris d'y fixer à une des extrémités mes boules de jonglage, et ce, à l'aide d'un rouleau de chatterton. Cela devait faciliter le lancer sans risquer de réveiller le voisinage. Toutefois, il me fallut pas moins de vingt essais pour réussir à passer la corde entre deux barreaux du balcon supérieur, et beaucoup de patience encore pour la faire revenir jusqu'à moi. Une fois les deux étages reliés par l'attache, je n'avais plus qu'à grimper.

Quand on a survécu à un plongeon suicidaire, on relativise le danger. Jouer les funambules entre deux balcons n'a plus rien d'extraordinaire. De surplus, durant ma scolarité, l'escalade était une des rares disciplines dans lesquelles j'excellais. Bien que de l'eau ait coulé sous les ponts depuis, je n'avais point oublié comment monter le long d'une corde. C'est donc non sans mal, mais avec une certaine habileté que j'atteignis ma destination. Je me glissais par-dessus la balustrade en prenant soin d'éviter un pot de fleurs situé sur la petite terrasse. Une fois devant la porte-fenêtre, je la cognais d'un coup sec, mais rien ne se produisit. Tracassé par ce premier échec, je frappais à deux nouvelles reprises. Cette fois-ci, elle s'entrouvrit. Tout se passait presque comme je l'avais imaginé. Dans ma vie, ce n'était pas chose anodine, c'en était presque grisant.

En entrant dans l'appartement, je fus estomaqué par l'ordre qui y régnait. Ce mec qui, il y a deux jours encore, raclait le fond de sa gorge, pour déverser ses immondes glaviots à la surface de tout le quartier, avait une piaule impeccable. La mienne faisait figure de dépotoir en comparaison.

Après avoir accusé le coup, je me mis à fouiller chaque placard, chaque tiroir que je croisais, les vidant un à un de leurs contenus. Mais à la recherche de quoi ? Je ne savais pas vraiment, mais je retournais tout. Ici le matelas, là les coussins du canapé. En l'espace de quelques minutes, l'appartement autrefois si bien rangé se trouvait dans un état déplorable. Je dois bien avouer que le geste m'avait procuré un plaisir mesquin. Enfin, après une bonne heure passée à mettre le souk, dépité de n'avoir rien déniché d'autre qu'un bang, je décidais de m'asseoir sur le sofa pour y réfléchir. Seulement, l'unique pensée qui me vint fut que la scène évoquait un cliché de film policier. C'est alors que j'entendis des bruits de frottement métalliques provenant de la serrure. Quelqu'un était en train de la crocheter !

Pris au dépourvu, je bondis du canapé pour rejoindre le balcon. Sous l'effet de la panique, mon pied heurta le pot de fleurs que j'avais précédemment évité, le faisant valdinguer dans les buissons en bordure de l'immeuble. J'eus tout juste le temps de descendre et de retirer la corde. Dans cette opération hâtive, j'aurais pu me tuer dix fois, c'est incroyable ce que l'on peut accomplir quand la peur vous quitte.

Au-dessus de moi, je pouvais percevoir des bruits de pas approcher de la porte-fenêtre restée ouverte. Soudain, un individu à la voix rauque se mit à jurer :

— Bordel ! Où est cte'putain de plante ? Sa race !

Le timbre tendu d'un second gentilhomme se fit à son tour entendre :

— Y'a un sale fils de pute qu'est passé avant nous !

— J't'avais bien dit qu'on aurait dû se pointer avant, mais fallait qu't'ailles voir ta biatch, beugla l'autre.

— En plein jour, avec les keufs ?

— Putain j'te jure, je vais fumer le sale bâtard d'sa mère qu'a fait ça.

— Ma parole, Molosse va être trop vénère ! J'te préviens c'toi qui lui annonce.

— Dans tes rêves, bon allez on s'casse, c'est mort, y'a plus rien ici, conclut la voix rocailleuse.

Mais oui, la plante ! Quelle chance, ma maladresse m'avait permis de trouver ce que je cherchais. Par précaution, j'épiais les deux racailles depuis ma fenêtre jusqu'à ce qu'ils quittent l'immeuble et s'effacent dans l'obscurité de la nuit. J'aurais aimé voir leurs visages, mais l'éclairage était insuffisant.

Une fois que le champ fut libre, je me précipitais dehors avec une lampe torche pour y dénicher le pot de fleurs. Cela ne me prit guère plus d'une minute, il était là, brisé au milieu des buissons. Parmi les fragments se trouvait un sac en plastique hermétique et opaque, que je ne tardais pas à rapatrier dans mon appartement pour en découvrir le contenu. Jack pot ! Il renfermait un bon kilo d'héroïne pure, une clé USB et un vieux canif.

Sans perdre de temps, je branchais le périphérique de stockage USB sur mon ordinateur portable, en prenant soin de la scanner avec un antivirus. Ce dernier contenait deux fichiers. Le premier avait une appellation composée d'une suite désordonnée de caractères alphanumériques, quant à sa teneur, elle était tout aussi absconse, et de toute évidence chiffrée. Bien que la chose attisât ma curiosité, je décidais de porter mon attention sur le deuxième fichier, qui lui se nommait « contacts.json ». Ce dernier s'avérera être une sauvegarde de répertoire téléphonique, mais pas n'importe laquelle. On y trouvait une compilation de pseudos tous plus ridicules les uns que les autres : Frakass, Dickers, 91Pops, Meskine... Je passais un moment divertissant à les parcourir, un peu à la façon dont on pourrait lire les perles du baccalauréat.

Parmi tous ces surnoms, un en particulier attira mon attention : « Molosse ». Je l'avais entendu sortir de la bouche d'un des voyous. Ce Molosse était à la recherche de l'héroïne, et je possédais son numéro de téléphone personnel. Une proie potentielle se profilait devant moi, et je disposais de l'appât idéal. Ne restait plus qu'à trouver le piège adapté et l'endroit parfait pour le poser. La matinée complète me fut nécessaire pour élaborer une stratégie.

Objectif principal : Nuire aux Hoodsters. À cet égard, j'avais imaginé un plan en trois étapes. Tout d'abord, je devais attirer la cible. Rien de plus simple, un MMS joint d'une photo de la poudre suffirait. Mais pas question d'utiliser mon portable, je devais conserver mon anonymat et donc investir dans un téléphone prépayé. C'était un outil indispensable qui allait à coup sûr me servir de nombreuses fois. Je programmais alors d'en acheter un l'après-midi même. L'un des avantages de la région parisienne, c'est que peu importe l'heure et le jour de la semaine, il est toujours possible de trouver ce que l'on cherche. C'est encore plus vrai dans le 13e arrondissement.

La première partie du plan consistait par conséquent, à soutirer une grosse somme d'argent en échange de la marchandise. D'après mes recherches sur Internet, un kilo d'héroïne pure valait dans les dix-huit mille euros, je décidais donc d'en réclamer six mille. Si j'en avais demandé plus, la marge pour les Hoodsters aurait été insuffisante. Or, l'objectif demeurait avant tout de les appâter.

La seconde phase visait à placer le kilo de poudre, dans un des casiers à code de la patinoire municipale. Évidemment, ces informations ne devaient être révélées qu'après la somme perçue.

Pour conclure, je devais organiser à la fois le moment et le lieu de l'échange. Concernant le site, il devait être peu fréquenté et m'apporter un avantage stratégique. Il était primordial que je puisse récupérer l'argent en toute sécurité, et m'enfuir avec une bonne longueur d'avance.

Je connaissais le coin idéal, une zone industrielle désaffectée en bordure de la Seine. Néanmoins, j'allais avoir besoin de temps pour prospecter, afin de choisir l'emplacement exact de la transaction. C'est pourquoi je devais me défaire de mes obligations.

Encore une fois, j'avais une solution toute trouvée : mon visage avait dégonflé, mais un bel hématome recouvrait désormais mon arcade sourcilière. De plus, je souffrais de diverses petites contusions sur le corps. J'ajoutais donc un détour aux urgences sur mon planning de l'après-midi. J'obtins ainsi un arrêt de travail de trois jours, accompagné d'un sermon du médecin pour ne pas m'être présenté plus tôt.

En rentrant en fin de journée, je mettais à exécution la première partie de mon plan. J'envoyais au Molosse une photo du sac d'héroïne par MMS, et presque aussitôt il m'appela. Hors de question que je décroche, je savais qu'il essaierait de m'intimider, et je ne voulais laisser paraître aucune faiblesse.

Il fit trois autres tentatives, avant de me transmettre un charmant message sur le répondeur. Sans trop m'étaler sur le contenu de celui-ci, un nombre remarquable d'insultes et menaces de mort y figuraient. J'attendais encore une petite quinzaine de minutes pour le faire mariner. Dehors, la nuit tombait déjà. Une fois le délai écoulé, j'envoyais ce simple texto : « Rendez-vous mardi 19 h. Je révélerai le lieu de l'échange à H-1. Apportez 6000 euros en billets de 500 ». Je trouvais la grosse coupure plus facile à transporter. La réponse ne se fit pas trop attendre : « OK 6000, contre la came ET la clé USB ». Le contenu de cette dernière semblait avoir de la valeur pour lui, j'en fis donc une copie sur mon disque dur avant de la formater. Comme promis, j'allais la restituer, mais elle serait vierge de toute donnée. Le soir, fort satisfait, mais également épuisé du déroulement de cette longue journée, je m'endormais paisiblement.

Le lundi matin fut dédié au shopping : une cagoule de ski, des gants et une bombe lacrymogène. Quant à l'après-midi, j'en profitais pour effectuer le repérage dans la zone industrielle désaffectée. Assez vite, je jetais mon dévolu sur un vieux bâtiment non loin de la Seine. Celui-ci présentait l'avantage d'avoir trois étages et un toit accessible. L'emplacement était parfait, car il me donnerait une longueur d'avance lors de la transaction.

L'argent n'était pas une fin en soi, mais comme on le dit souvent, c'est le nerf de la guerre, et à coup sûr, j'étais en guerre contre ce monde. En prime, financer mes activités tout en extorquant le cash d'un gang était un bonus plutôt satisfaisant.

Le soir, je ne tardais pas à me coucher, je voulais apparaître au sommet de ma forme pour cette journée décisive qui m'attendait. Si les choses tournaient mal, ce serait certainement la dernière. J'avais l'impression d'être un gosse la veille de son anniversaire. Un mélange d'exaltation et de curiosité m'habitait. Cette fois-ci, le sommeil se révéla difficile à trouver.

Le lendemain aux aurores, je me réveillais abruptement, poussé hors du lit par ma flamme. Comme si elle m'avait soufflé à l'oreille de me lever. Dès lors, j'exécutais mon rituel d'homme civilisé, en commençant par un copieux déjeuner après lequel je prenais une douche bien chaude. Puis, jusqu'à midi, je repassais en boucle chaque étape de mon plan, et simulais mentalement d'hypothétiques scénarios. L'heure approchant, l'excitation montait d'un cran. L'après-midi, j'allais à la patinoire pour y déposer le colis, puis me rendais ensuite imperturbablement sur le lieu de la transaction.

Tout était fin prêt. Il était maintenant dix-huit heures et la nuit tombait. J'envoyais donc le site de l'échange au Molosse et lui indiquait de se placer sur le toit du bâtiment. Pour ma part, je n'allais pas monter. Disposant d'un peu de temps, j'en profitais pour me cacher dehors, derrière un tas de palettes que j'avais repéré la veille. En ce lieu, je me perdis dans mes pensées un long moment, et à la limite de l'assoupissement, un cri me sortit brutalement de ma torpeur. Ce dernier provenait du haut du bâtiment :

— Je suis là, sale enfoiré !

Il était dix-neuf heures passé et le Molosse m'attendait.

J'envoyais un autre texto lui indiquant de lâcher l'argent côté sud, du haut de la terrasse surplombant l'immeuble, non loin de là où je me trouvais. Il s'exécuta en laissant la liasse tomber à quelques mètres de moi seulement. Sortant de l'ombre, je m'empressais de collecter mon dû avant de lui adresser un message écrit à l'avance : lieu, casier et code.

À peine étais-je en train de relever la tête de mon téléphone, que j'aperçus trois malfrats se ruer vers moi. De quelle naïveté j'avais fait preuve ! Le Molosse avait posté ses hommes au bas du bâtiment. Si je ne m'étais pas bêtement endormi, je les aurais vus arriver.

Quoi qu'il en soit, il était trop tard, et je n'avais plus qu'une chose à faire : prendre mes jambes à mon cou.

Voilà où j'en suis, pourchassé par ses trois émissaires, au milieu de la ruelle sombre d'une zone désaffectée. Il est vrai que je porte désormais plus d'importance à ma mort qu'à ma vie. Mais si possible, j'aimerais éviter que ma fin ne soit trop douloureuse. S'ils m'attrapent, je serai tabassé durant des heures, subissant les pires sévices.

Mon premier poursuivant me rejoint déjà. Je le devine proche, si proche que je peux sentir son souffle me caresser la nuque. Je saisis la bombe lacrymogène située dans la poche ventrale de mon sweat, et alors même qu'il parvient à empoigner ma capuche, je fais pression à l'aveugle derrière moi. Le malfrat hurle de douleur et lâche prise.

Un de moins ! Mais les deux autres sont toujours à mes trousses. J'entends le son de leurs pas s'approcher dangereusement. Voilà maintenant qu'une maudite pointe de côté montre le bout de son nez. Je ne pourrai plus les tenir à distance bien longtemps. Sérieusement, si je m'en tire, j'arrête la clope !

Le RER ne se trouve qu'à huit-cents mètres, mais nous ne sommes pas en train de tourner dans un mauvais film d'action. Les probabilités pour que je tombe sur un train dont les portes se fermeraient miraculeusement derrière moi sont bien minces. L'unique option viable est de sauter dans la Seine. Ils n'oseront me suivre, et de nuit je serai presque invisible. Le problème, c'est qu'en cette période de l'année l'eau doit avoisiner les cinq degrés, l'hypothermie me guettera. Peu importe, je préfère encore mourir noyé plutôt que torturé durant des heures. À quoi bon réfléchir ? De toute évidence, c'est ma seule chance.

C'est à bout de souffle que j'arrive au milieu d'un pont traversant la Seine. Avec l'énergie du désespoir, je saute en adoptant la position de la bouteille, et m'enfonce à n'en plus finir. L'eau glacée pénètre mes habits, déclenchant en moi une décharge d'adrénaline qui me redonne la vigueur nécessaire pour rejoindre la surface.

Cependant, le froid me tétanise et m'empêche de reprendre mon souffle. L'asphyxie, quelle souffrance atroce ! Tant bien que mal, j'arrive à absorber quelques bouffées d'air et retrouve une certaine stabilité. Derrière moi, un de mes poursuivants plonge. Alourdi par des vêtements trop épais et imbibés d'eau, celui-ci tente désespérément de maintenir sa tête hors des flots en se débattant de toutes ses forces, mauvaise stratégie.

Moi, j'économise les miennes, je fais une bulle d'air avec mon sweat et bats des jambes en suivant le courant. Je dois cette technique à une émission de survie passée à la télé le mois dernier. Comme quoi. Ce média vieillissant peut parfois encore nous apprendre des choses. Après à peine quelques minutes, je sens déjà mes membres s'engourdir. Je rejoins le rivage le plus proche et sors de l'eau en grelottant. Derrière moi, la dépouille de mon poursuivant se fait doucement emporter par le courant. Un autre qui meurt par ma faute.

Comme si de rien n'était, je rentre chez moi, trempé. Une douche chaude me délivre de l'odeur puante de la Seine, et réchauffe mon corps gelé. Après m'être habillé pour la nuit, je sépare délicatement les billets mouillés de la liasse et les mets à sécher sur un drap. Alors exténué, je m'affale sur mon canapé, et regarde le plafond de mon studio. C'est étrange, ce soir il me semble différent. Ses imperfections, ses légères taches, m'apparaissent diminuées, moins agaçantes.

Demain, je lirai dans le journal local, qu'un certain gangster surnommé Molosse s'est fait serrer par la brigade des stups à la sortie d'une patinoire, et ce avec un kilo d'héroïne pure. L'exploit aura été rendu possible grâce aux informations fournies par une source anonyme.

Pour la première fois depuis longtemps, je ferme les yeux en ayant l'impression d'avoir accompli quelque chose. C'est en prononçant les mots suivants que je m'endors paisiblement : « C'est moi, qui vous ai fumé ! Bande de cons ».

III — Le troupeau, la brebis, et la meute

Deux semaines s'étaient écoulées, durant lesquelles j'avais fait profil bas. Les jours suivants l'arrestation du Molosse, les membres des Hoodsters avaient investi chaque rue, chaque impasse du quartier. Ils pullulaient, questionnant le moindre passant avec plus ou moins d'insistance. J'évitais de sortir autant que possible et cela m'avait jusqu'à maintenant permis d'éluder leur interrogatoire. Le phénomène avait pris une ampleur telle, que la police avait dû installer une patrouille permanente. Depuis, la situation s'était calmée et de toute manière je ne me sentais pas menacé. Lors de l'échange, une cagoule avait toujours dissimulé mon visage, et à aucun moment ils n'avaient entendu le son de ma voix. Dans ces conditions, il leur était impossible de remonter jusqu'à moi, leur piste s'arrêtait donc à l'appartement de Chico.

Toutes ces journées à devoir rester cloîtré chez moi n'avaient pas été des plus agréables, particulièrement après avoir cessé de fumer, néanmoins, cela m'avait donné l'occasion de préparer mon prochain coup. J'avais en tête cette collègue de bureau, victime de harcèlement.

Son infortune avait débuté par de petites plaisanteries malsaines envers lesquelles, elle n'avait su se défendre autrement que par le rire. Au fil du temps, les farces se transformèrent en moqueries, pour finalement, se muer en humiliations de la pire espèce sous les regards coupables de ses collègues. Quand bien même la majorité désapprouvait moralement la situation, aucun n'osa intervenir, apeuré de devenir le prochain martyr. Parfois même, au sein du troupeau, les plus faibles revêtaient le costume de loup. Une méthode de camouflage qui fit ses preuves à maintes reprises, au cours de la longue histoire de l'homme.

Les semaines et mois passants, nous nous étions accoutumés à ce sinistre manège, l'empathie avait fini par quitter les plus humains d'entre nous. La voir souffrir, sa détresse, était devenue une banalité, le quotidien en somme. Malheureusement pour elle, le calvaire n'avait cessé, arrachant chaque jour de nouvelles parcelles à son être. Son estime de soi, sa vitalité, sa personnalité, son humour, tout allait disparaître. À terme, ne subsisterait qu'une coquille vide.

Le détachement existentiel dont j'étais à présent habité me rendait clairvoyant. Ce véritable don me dévoilait tel un miroir sur mon âme, la lâcheté dont j'avais fait preuve à l'égard de cette « sœur ». J'éprouvais alors un certain dégoût envers cette personne résignée et complaisante que j'avais été. L'essence même de cette aversion venait à son tour, alimenter et sublimer le foyer ardent de ma volonté ressuscitée. Son intense chaleur faisait bouillonner en moi le désir de réparer mes erreurs passées, de remettre les pendules à l'heure.

Toutefois, je n'avais pas d'idée précise quant aux méthodes à employer. La première tâche à effectuer serait de réunir des preuves de ce que subissait Marie. Une fois que je les aurai, peut-être les dévoilerai-je. Mais par quel moyen ? La seule certitude que j'avais, c'était de ne vouloir nuire à Marie sous aucun prétexte. Je devais donc agir de manière avisée.

Finalement, je décidais d'investir dans un kit de caméras-espionnes haut de gamme. Pour les financer, j'avais déposé la moitié de l'argent extorqué au Molosse sur mon compte en banque. L'ensemble coûtait tout de même la modique somme de 2 800 euros. J'avais également prélevé 800 euros sur le cash pour me procurer un téléphone prépayé. Le premier avait succombé à mon plongeon dans la Seine. Dans le doute, j'avais cette fois opté pour un appareil étanche.

C'est ainsi que tout le samedi durant, je testais et configurais le kit chez moi. Quant au dimanche, je le consacrais à définir comment et où installer les caméras. Le lieu, c'est évidemment l'endroit où je travaille : le huitième étage d'une tour se situant à proximité de la gare de Lyon, dans le douzième arrondissement. À cet endroit précis de la terre, je suis ce que l'on appelle communément un employé de bureau. J'œuvre pour l'antenne parisienne d'une société informatique. Cette dernière est spécialisée dans l'édition d'applications dédiées au secteur militaire. Elle compte un peu plus de 1200 salariés en France et fait partie d'un groupe international, agrégat d'une multitude d'autres firmes. Une organisation dont j'ai oublié le nom. Il faut dire que cela change assez souvent, et puis je dois bien avouer que ça ne m'intéresse pas plus que ça.

Je fais donc part de ce fatras gigantesque, et me trouve à la base de son interminable et pyramidale hiérarchie. Je suis « documentaliste logiciel », un titre flatteur pour désigner celui qui rédige les manuels et la documentation technique. En réalité, mon travail n'est pas valorisé par le reste de l'équipe, c'est un peu la cinquième roue du carrosse.

Mon rêve aurait été de devenir analyste-programmeur, pour vulgariser, développeur. C'est-à-dire de collaborer à la conception et à la création des applications. Je possède d'ailleurs un BTS pour cela. Seulement, quand on m'a embauché, on m'a fait comprendre que je devais faire mes preuves. Un poste finirait par se libérer, et si je démontrais avec succès ma détermination, je pourrais rejoindre l'équipe de développement.

Cela fait maintenant presque dix ans que je fais mes preuves, que je vois de nouveaux postes de programmeurs se créer. La réalité, c'est qu'on ne place que des ingénieurs à ces postes, car vis-à-vis de la clientèle, on préfère cultiver l'élitisme, c'est plus prestigieux. Il paraîtrait même que l'état subventionne les entreprises en recrutant.

N'est-ce pas de la discrimination ?

J'aurais pu, non, j'aurais dû quitter cette boite, en chercher une autre, mais l'idée de me replonger dans un cycle d'entretiens et de tests d'embauche me rebutait au plus haut point. La vérité, c'est que je me suis complu dans ce pseudo-confort, en me mentant à moi-même, sur mes espérances, sur le fait que j'allais peut-être un jour obtenir cette promotion. Finalement avec le temps, j'ai fini par accepter et renoncé à mon rêve. Toutes ces années passées à étudier, ces examens, l'angoisse de leurs résultats, tout ça s'est concrétisé par un bout de papier stérile nommé diplôme. Enfin, peut-être pas totalement. Sans mes compétences en informatique, j'aurai perdu un temps considérable à comprendre le fonctionnement de ce kit d'espionnage.

Le système se constitue de trois minis caméras Wi-Fi, toutes équipées d'un microphone, d'une mini batterie, ainsi que d'un capteur de mouvements. Les instruments s'enclenchent à la condition que le capteur détecte une présence, cela permet d'obtenir une autonomie de plus de 24 h. Les enregistrements sont transmis par onde à un dongle USB, sur lequel ils sont ensuite stockés. Le dongle peut ainsi être branché sur n'importe quel dispositif muni d'un port compatible. Toutefois, le système présente une limite. La distance entre le récepteur et les caméras ne doit pas excéder cinquante mètres, ce qui reste tout à fait raisonnable aux vues de mes besoins.

Après avoir griffonné un plan grossier de l'étage, je traçais un cercle à l'aide de mon compas, l'un des rares vestiges de mes années d'écolier. De cette façon, je déterminais le meilleur emplacement pour brancher le dongle Wi-Fi. Après quelques minutes, je portais mon dévolu sur l'ordinateur de Paul, un des développeurs de l'agence. Son bureau présentait l'avantage de se situer près de l'entrée de l'open space, je bénéficierais donc d'une couverture suffisante pour tout l'étage. Restait à définir comment disposer les caméras. Pour cela, je devais tenir compte des habitudes de Marie et de ses persécuteurs.

Ces derniers figurent au nombre de trois. Louis, le directeur d'agence est un véritable despote. Sa spécialité est d'abaisser et humilier Marie en public. La faisant passer pour une incapable, critiquant son travail à la moindre occasion avec toute la mauvaise foi du monde. Ensuite, il y a Laurence, la RH. L'experte des coups bas, mais aussi des ragots dignes des plus piètres dramaturges, que ses acolytes boivent comme du petit lait. Pour clore ce triangle infernal, Loïc, le chef de projet et unique syndiqué de l'agence, je ne l'ai pourtant jamais vu soutenir qui que ce soit. Gare à celui qui oserait se plaindre de ses conditions de travail, ou encore pire, de la hiérarchie dont il est à la solde. Son autre occupation, c'est de donner un maximum de tâches inutile à Marie, sans omettre les remarques dégradantes. Je surnomme ces trois tristes personnages, « les trois L ». Avec une brochette pareille, la pauvre Marie n'a aucune chance.

La première caméra serait donc installée dans l'open space, lieu où j'assiste chaque jour au calvaire de Marie. La suivante dans le bureau de Louis, je ne sais pas ce qu'il s'y passe, mais quand Marie en sort, son teint déjà pâle le devient plus encore. Une sacrée performance, cette pourriture de Louis doit s'en donner à cœur joie. Enfin, la salle d'archives. Marie étant secrétaire de direction, elle est souvent chargée d'aller y chercher des dossiers. C'est un endroit isolé et parfait pour lui faire du mal, je ne dois pas être le seul à l'avoir remarqué.

Plutôt satisfait de mes préparatifs, j'allais passer l'après-midi à me relaxer. D'ailleurs, Nadine m'avait invité à prendre le café à 16 h chez elle. C'était presque devenu une habitude le dimanche.

…

Finalement, lundi matin arrive. L'ascenseur s'ouvre sur le 8e étage. Une journée de travail des plus singulières m'attend, je dois installer les caméras à l'insu de tous. Il est 7 h, comme prévu je suis le premier, enfin presque, Louis est déjà là. C'est lui qui tous les jours, déverrouille les portes de l'agence. Je vais dès lors dans son bureau pour le saluer. Je lui tends une poignée de main accompagnée d'un sourire dont il ne peut déchiffrer le sens caché. Il est impératif que je maintienne les apparences.

En sortant, je vérifie que personne d'autre ne soit arrivé entre temps. La voie est libre, j'en profite donc pour placer le premier dispositif. Ce sera dans le feuillage de l'horrible plante artificielle qui trône au centre de l'open space. Je l'oriente en direction du poste de Marie. Celui-ci se trouve juste devant le bureau de Louis. Je file ensuite dans la salle d'archives, où je loge la deuxième caméra entre deux dossiers. Je prends soin de sélectionner ceux parmi les plus poussiéreux, peu de chances que l'on y touche dans les prochains jours.

Reste la dernière, je dois l'installer dans le bureau de Louis. C'est la partie sensible de l'opération. J'y ai bien réfléchi la veille. Pour le forcer à quitter son poste, il n'y a pas trente-six solutions. Je me dirige vers le tableau électrique, l'ouvre et appuie sur le bouton du disjoncteur. Je m'empresse alors de retourner dans l'open space en m'éclairant de mon portable. Je l'entends déjà râler. Il sort de sa grotte en trombe, une lampe torche à la main.

— Ce n'est pas vrai ! Encore ! La maintenance est pourtant passée la semaine dernière !

Le courant saute régulièrement à notre étage, c'est une des raisons qui m'ont poussé à choisir cette méthode. Louis se dirige vers le couloir, là où se trouve le tableau électrique, je l'entends lancer des jurons à l'égard du pauvre électricien innocent tout en s'éloignant. Je m'empresse de rentrer dans son bureau. Il faut faire vite, je ne dispose que d'une poignée de secondes tout au plus. Je jette mon dévolu sur l'étagère destinée aux magazines informatiques. Au moment précis où je conclus, la lumière réapparaît. La caméra est installée. Je sors prestement, ferme délicatement la porte derrière moi, et m'assieds à mon poste comme si de rien n'était. Mon cœur bat à toute vitesse, quelle excitation. Mes sens sont en éveil, je me sens bien.

Louis revient, je retiens mon souffle, son visage exprime l'impatience et la colère. La porte de son bureau claque derrière lui. J'ai bien peur que la journée de Marie ne débute mal par ma faute. Espérons que ce soit un mal pour un bien. Je suis à nouveau seul, je me lève et branche le dongle à l'arrière de l'ordinateur de Paul. Sa tour se trouvant sous son pupitre, ce dernier ne devrait rien remarquer.

Mission accomplie, une exécution parfaite. Passons, ce n'est pas le moment pour des éloges autoproclamés. Laurence, notre estimée RH à la langue de vipère arrive. À peine sa veste est-elle posée, que sans même me dire bonjour, elle me demande de lui faire un café. Une autre de mes gratifiantes fonctions.

En préparant sa boisson, je me perds dans une réflexion intérieure. Dispose-t-elle à domicile d'une cohorte d'esclaves ? Si oui, doivent-ils lui torcher les fesses quand elle va au petit coin ? Mon regard atterrit sur la poussière qui recouvre le buffet sur lequel siège la machine à café. Je passe mon doigt sur la saleté et m'en défais au-dessus de la tasse de Laurence, en prenant soin de bien la mélanger au liquide noir à l'aide d'une touillette. Ce n'est certes pas grand-chose, mais pourquoi se priver des petits plaisirs du quotidien ?

En apportant sa tasse à la harpie, je vois les premiers collègues débarquer. Démarre ainsi le long cortège de poignées de main plus ou moins fermes, et de sourires plus ou moins sincères. Un parfait cliché de la vie au travail. Les gens peuvent bien s'apprécier, ils se méfient toujours les uns des autres. La traîtrise n'est jamais à exclure, surtout quand l'on se dispute une promotion dans un climat délétère. S'il y a bien un avantage à être au bas de l'échelle, c'est qu'on ne vous considère pas comme une potentielle menace. Pourtant, les coups les plus difficiles à esquiver viennent généralement d'en bas, de là où l'on s'y attend le moins.

La voilà, elle arrive, s'introduisant discrètement dans l'open space à la façon d'une brebis égarée. On sent l'angoisse montée à chacun des pas qui l'approche de son tortionnaire. Pourquoi elle ? Qu'a-t-elle de si spécial pour avoir été désignée comme souffre-douleur ? Marie n'attire pas l'attention, sans être laide, je ne la qualifierais pas de jolie fille. Son physique est simplement quelconque.

La première chose que l'on remarque chez elle, ce sont ses minuscules oreilles dépassant à peine d'une épaisse chevelure châtain. Cette dernière, légèrement bouclée, enfourche ses épaules en ondulant jusqu'à sa modeste poitrine. Son visage rond et infantile se gratifie de sourcils broussailleux, dont découle un petit nez bosselé surplombant des yeux vairons vert et noisette. Quant à sa tenue, Marie est vêtue d'une jupe grise et d'un chemisier blanc partiellement couvert d'un gilet bleu marine, dont la couleur tranche parfaitement avec le teint blafard de sa peau. Elle transpire littéralement l'innocence et la fragilité. C'est évident tout compte fait, au regard d'un prédateur, elle est la proie idéale.

D'ailleurs, en parlant du loup, il sort de sa tanière. Son odorat affûté a dû capter les phéromones de peur émanant de Marie.

— Marie ! Ton compte rendu de vendredi soir est zéro. Tu as fait quoi pendant la réunion ? Tu as dormi ? C'est à peine si j'y comprends quelque chose tellement c'est mal écrit. Je ne te paie pas pour que tu me sortes des torchons pareils !

Pour commencer, tu ne la rémunères pas pour bosser le week-end. Un peu de gratitude ne te ferait pas de mal, espèce de salopard ! Ah ! Ce que j'aimerais le dire à voix haute, mais pour l'instant, je dois faire preuve de patience !

Marie acquiesce sans broncher, baissant le regard, signe de soumission. Une scène devenue tristement banale, mais cette fois-ci, immortalisée par mon dispositif. Reste à savoir ce que j'en ferai.

Les heures et minutes passent et finalement vient le moment de la pause tant attendue. Quelques-uns de mes collègues se lèvent et je vais les rejoindre dans ce que je nomme « le placard à balais ». Un espace exigu servant à la fois de salle de pause et de cuisine. La pièce est équipée d'un petit frigo et d'un buffet faisant office de table. Sans oublier de citer la cafetière à dosette que j'ai utilisée le matin même. Évidemment, le café n'est pas offert au personnel de seconde zone, nous devons acheter nos propres capsules. Bref, autant dire que l'espace est loin d'être suffisant pour soixante salariés. De toute façon, seuls Loïc et Laurence y mangent à midi, ceux qui se risquent à les joindre s'exposent à un accueil des plus froids.

Marie en a fait les frais à son arrivée, son second jour alors qu'elle suivait Loïc, celui-ci lui a claqué la porte de la salle devant le nez. Marie a dès lors commencé à déjeuner dans l'open space, avec nous. Au début, elle apportait des sandwichs, mais après s'être fait dire qu'elle mangeait comme une cochonne. En cause d'hypothétiques miettes qui auraient échappé à sa vigilance, elle s'est vue contrainte de passer au potage. Malheureusement, l'odeur de sa soupe venait maintenant importuner les délicates narines de Louis, se trouvant pourtant isolée dans son bureau. Pour ne pas faire d'histoire, Marie avait donc choisi de se restaurer dehors. À condition bien sûr, que Loïc ne lui donne pas de tâche urgente à l'heure du déjeuner.

D'autre part, Marie ne prenait pas de trêves comme les autres. Elle avait bien tenté de participer et de réagir aux conversations stériles de la salle de pause. Mais tous ses efforts pour s'intégrer étaient simplement ignorés. Comme si elle n'existait pas, le troupeau lui tournait le dos, formant un mur infranchissable.

La plupart des êtres humains ont vécu, vivent ou vivront une situation de rejet. Que celle-ci soit d'ordre ethnique, idéologique ou tout à fait arbitraire ne fait pas de différence. Comment une créature douée d'empathie telle que l'homme peut-elle choisir la voie de l'exclusion ? Cette question je dois avant tout la poser à moi-même, car jusqu'à présent j'avais agi de concert.

Avant mon « accident », j'avais toujours pris soin de prendre le minimum vital de pause café. C'est-à-dire, suffisamment pour sociabiliser et maintenir ma position au sein du troupeau, afin d'assurer ma propre sécurité. Mais cette fois-ci, j'y vais pour une tout autre raison, ma caméra est en place. Je veux savoir ce qu'il se passe quand Marie se retrouve seule. Je prends donc ma pause, et le reste de la journée se déroule sans incident apparent. Le soir, je récupère discrètement le dongle et rentre chez moi.

En arrivant, je commence à visionner les enregistrements de l'open space. Je positionne la vidéo à l'instant où je suis parti en pause. Comme à son habitude Marie reste à son bureau, deux minutes plus tard, les loups approchent, Laurence et Loïc. Ces deux-là sont inséparables.

Loïc s'adresse à Marie :

— Je crois me rappeler t'avoir demandé quelque chose il y a cinq minutes déjà, le dossier B7563 sur le module de gestion des stocks. Je n'ai toujours rien, tu fais quoi bon sang !

— Je, je vous l'ai envoyé par mail en pièce jointe après l'avoir scanné monsieur, assure Marie, hésitante.

— Ah ! Et… tu penses aussi que le document va s'imprimer tout seul ? Tu crois que j'ai que ça à faire ?

— Tu sais bien qu'elle est un peu limitée. Tu espérais quoi ? renchérit Laurence.

— Tu as raison, acquiesce Loïc. Attends ! J'ai une idée, je vais tenter quelque chose.

Loïc s'adresse alors à Marie en parlant très lentement, à la façon dont il dialoguerait avec une déficiente mentale.

— Toi comprendre ? Moi vouloir document papier !

— Oui monsieur, répond Marie confuse.

— Et ne traîne pas ! J'en ai besoin rapidement.

— Bien sûr, je m'en occupe de suite, dit Marie en esquissant un sourire crispé.

Rassasiés de cette bouchée d'infamie, les deux pervers quittent l'open space en gloussant. C'est difficile à admettre, mais j'ai été témoin de scènes bien plus dégradantes que celle-ci.

Je passe maintenant à l'enregistrement de la salle d'archives. Je vois Marie y rentrer à 11 h. Aussitôt, elle se met à chercher le document que Loïc lui a si gentiment demandé. Après quelques secondes, elle repère le numéro de dossier, et tire la large pochette de l'étagère pour en extraire le fameux papier. Après quoi, elle se dirige vers la porte pour sortir, mais celle-ci ne semble pas vouloir s'ouvrir.

Certains dossiers de la salle d'archives sont classés « Confidentiel Défense », ce qui implique que le local soit sécurisé. Pour y pénétrer, il est par conséquent nécessaire de détenir une clé magnétique ainsi qu'un code à six chiffres. La combinaison se voit renouvelée tous les mois et seul le personnel habilité en dispose. C'est d'ailleurs un des rares avantages qu'apporte mon statut de documentaliste.

Théoriquement, Marie devrait aussi en posséder une, c'est à croire que ce serait un trop grand honneur pour elle. Elle doit donc sans arrêt quémander celle de Louis, ce qu'elle a manifestement fait pour accéder à la salle. Marie aurait par conséquent dû sortir sans problème, car une fois la clé insérée et le code saisi, le verrou de la porte s'ouvre. Il est dès lors possible d'entrer et de quitter le local à tout-va, à condition que la clé se reste dans la serrure.

Quelqu'un l'a retirée, piégeant de la sorte Marie. Je comprends à présent pourquoi je ne l'ai pas vu de l'après-midi. Je mets la vidéo en lecture rapide, on l'aperçoit appeler à l'aide en frappant sur la porte. En tenant compte de l'épaisseur de cette dernière, entendre les supplications de Marie depuis l'extérieur était impossible. Après quelques minutes elle renonce, ôte ses chaussures et s'installe dans un coin contre une étagère. Elle reste là, immobile comme un mannequin de vitrine, le regard vide d'émotion. Elle a tout abandonné, même sa souffrance. La vidéo s'arrête au moment où j'ai récupéré le dongle USB. Qui sait combien de temps encore on l'a laissé croupir seule ? Quelle bande de fumiers, ce coup était forcément prémédité. Si seulement j'avais disposé de plus de caméras, j'en aurais posé une dans le couloir menant à la salle d'archives.

Dommage, mais j'ai gardé le meilleur pour la fin, le bureau du directeur. C'est certainement l'endroit où Marie se sent le moins en sécurité. J'espère trouver dans cet enregistrement, des actions suffisamment odieuses pour bouleverser l'être humain moyen. J'avance la vidéo en accéléré, rien de bien folichon. Je vois Louis assis devant son ordinateur, passant des appels téléphoniques tout en tapotant sur son clavier. Finalement, à 10 h 57 Marie arrive dans le bureau, elle demande la clé à Louis, évidemment ce dernier lui fournit en râlant. Il n'a qu'à lui faire un double cet imbécile. 11 h 5, c'est au tour de Laurence de faire son entrée en scène, elle donne la clé à Louis. C'était donc elle, quelle peste !

Le reste de la journée défile devant mes yeux. Loïc apparaît à quelques reprises, rien de fructueux, c'est plutôt décevant. À 18 h 45, heure à laquelle la plupart des employés ont déjà quitté les lieux, Laurence revient dans le bureau de Louis. Elle ferme le verrou de la porte derrière elle, et fixe Louis quelques secondes. Je crois bien que les choses vont devenir intéressantes.

Sentant le vent venir, je décide de rebaptiser brièvement Louis en

« Bobby », et Laurence en « Samantha ». Bobby se lève de sa chaise et rejoint Samantha en roulant des épaules. Une fois à sa portée, il l'enlace en dessous de la taille. Une mimique de plaisir se dessine sur le visage de Samantha, qui sous le coup de l'excitation, lui mord succinctement la lèvre inférieure avant de l'embrasser sauvagement. Bobby exalté, soulève brutalement Samantha par les fesses, alors que cette dernière le serre à son tour de ses longues jambes. Bobby porte Samantha jusqu'à son bureau. La suite des évènements aurait tout à fait sa place sur un site porno amateur. L'idée me traverse l'esprit, mais je dois agir plus finement dans l'intérêt de Marie.

Justement, Bobby ou plutôt Louis, devrais-je dire, est fiancé. Laurence quant à elle vit en concubinage. Cela fait déjà une belle entrée en la matière, mais ce n'est rien quand on sait que Louis est engagé auprès de la fille de notre illustre PDG. C'est d'ailleurs par ce biais qu'il a obtenu ce poste.

Alors que la scène torride se déroule sous mes yeux, mes maxillaires se crispent. Je suis pris d'un rire irrépressible. Les idées se bousculent dans ma tête. Tiens bon Marie ! L'addition arrive, le temps est venu pour tes tortionnaires de passer en caisse. La facture va être salée !

IV — L'origine du vent

Ce matin, malgré le manque de sommeil, le réveil est facile. Je ne traîne pas des pieds pour me rendre au travail, bien autre contraire. J'ai l'impression d'être monté sur ressorts. J'engloutis mon petit-déjeuner en moins de deux : café, tartines beurrées, œuf dur. Je saute dans la douche, me rase, me lave les dents et revêts mon costume d'esclave préféré. Une fois prêt, je file dehors, attrapant le RER au vol, me faufilant avec agilité au milieu de la cohue matinale. Il me presse déjà d'y être, de voir l'expression qu'arborera Louis, quand il recevra mon petit cadeau.

Hier soir, je me suis créé un compte mail en passant par « Tor », un de ces fameux réseaux isolés, qui définissent ce que l'on appelle plus communément le « Darknet ». Le « Darknet », c'est la zone d'anarchie de l'Internet. Libéré des copyrights, des brevets, des royalties, des lois, celui-ci regorge de trésors de liberté et de créativité. Toutefois, il recèle également du pire : des sites web auxquels vous n'aurez pas accès depuis un moteur de recherche, ou navigateur classique, et ce pour la bonne et simple raison qu'ils sont blacklistés. Ces portails inconnus du public, quand ils ne sont pas le point de rassemblement des groupes extrémistes, sont la vitrine virtuelle du grand banditisme. On y trouve de tout : armes à feu, drogues, prostitution, contenu pédophile… la liste est encore longue. Le péquin moyen peut même y engager des tueurs à gages. C'est la crème de la crème en matière de sordide.

Bien sûr, rien de tout cela ne m'intéresse. La raison qui me pousse à y recourir, c'est l'anonymat qu'il confère lorsque l'on prend la peine de suivre quelques règles de base. De ce fait, j'ai pu créer une adresse électronique intraçable. Étant légèrement paranoïaque de nature, j'ai tout de même utilisé le réseau Wi-Fi d'un de mes voisins. Il m'a suffi de pirater sa clé WEP, un protocole de sécurité complètement désuet.

Ainsi, sans craindre qu'un jour on puisse remonter jusqu'à moi, j'ai écrit deux e-mails à Louis, mon patron. Les deux messages étant programmés pour un envoi différé, le premier arrivera pour la pause café à dix heures. Il portera le titre racoleur de « Tes performances sexuelles avec Laurence ». L'e-mail contiendra en pièce jointe une courte vidéo du « best of » desdites prouesses. Dans le corps de la note, on pourra lire : « La suite dans 20 minutes ». Une fois le temps écoulé, un second message sera expédié, comportant cette fois-ci une liste de revendications. Comparé à ce que j'avais dû planifier en vue de ma rencontre avec le Molosse, ceci est un jeu d'enfant, du moins c'est dans mes cordes.

Il est 7 h 15 quand j'arrive au bureau. Tout comme le jour précédent, seul Louis est présent. Je peux donc retirer les caméras en toute discrétion. Comme lors de l'installation, je commence par celle de l'open space. Une fois cette première besogne accomplie, je me dirige vers la salle d'archives, insère mon double des clés dans la serrure et rentre le code à six chiffres.

En poussant la porte, j'aperçois Marie, déchaussée, dans une position presque identique à celle de la vidéo que j'ai visualisée la veille. Elle ouvre les yeux et m'observe brièvement avant de me fuir du regard en baissant la tête. Puis, elle ramasse ses chaussures sans prendre la peine de les remettre, et sort hâtivement en me bousculant par mégarde.

Médusé un instant, je regagne mes esprits et l'interpelle, mais pour seule réponse j'obtiens une larme s'écrasant sur le sol du couloir. Quel crétin je fais, elle a passé la nuit ici. Cette garce de

Laurence l'a enfermée.

Marie s'arrête devant l'ascenseur et appuie frénétiquement sur le bouton d'appel. Mais au même moment, les portes de ce dernier s'ouvrent. Laissant s'échapper cette hyène de Laurence, qui s'empresse de regarder Marie d'un air dédaigneux, avant de lui lancer un :

— Qu'est-ce qu'elle a encore celle-là ?

Marie se réfugie dans l'ascenseur dont les portes se referment juste derrière elle, me laissant seul face au sourire satisfait de Laurence. La vision déclenche aussitôt chez moi un raz-de-marée d'aversion. Si je cède à mes instincts primaires, il est fort possible que je l'étrangle sur place. Voir la dernière lueur de vie quitter ses yeux serait un soulagement. Réprimer la colère, la rage que je ressens à cet instant présent, m'oblige à un effort colossal. Je ne dois pas compromettre ma couverture, alors tant bien que mal, je parviens à me contenir le temps que Laurence s'éloigne. Puis à mon tour, j'appuie obstinément sur le bouton de l'ascenseur. Les secondes me paraissent des minutes.

— Va-t-il arriver bon sang ? dis-je à haute voix.

C'en est trop d'attendre ! Lassé d'être patient, je me dirige vers la cage d'escalier. Une fois sur le palier, se pose alors la question fatidique : est-elle montée ou descendue ? J'envisage le sommet de la tour ! Sans réfléchir, je m'engage dans l'ascension des douze étages supérieurs. J'arrive à bout de souffle, complètement éreinté par l'effort. Je pousse la porte donnant accès à la terrasse qui surplombe la tour.

Elle est là, me tournant le dos, se tenant à l'abri d'une rambarde de protection. Ses cheveux portés par le vent dévoilent une nuque au teint de porcelaine. Elle incarne la fragilité même, saisissante de contraste, face au panorama d'une mégapole s'étalant à perte de vue.

Une immense étendue de bitume et de béton sans âme, se fondant à l'horizon à un ciel nuageux souillé de pollution.

Je m'approche calmement, sans chercher à dissimuler ma présence. Je ne suis qu'à quelques pas quand elle m'interpelle :

— Ne t'inquiète pas, je n'ai pas l'intention de sauter. Quand bien même je le souhaiterais, je n'en aurais jamais le courage, me répond-elle sans se retourner.

C'est la première fois que Marie s'ouvre à moi sans retenue. Bien évidemment, nous avons échangé à maintes reprises par le passé. Seulement, nos discussions ont rarement débordé du cadre du travail, et quand elles l'ont fait, ce n'était que pour parler de la pluie et du beau temps. Mais à l'instant, avec ces quelques mots, Marie vient de se livrer à moi sans concession. Exhorté par sa franchise, je lui réponds spontanément :

— De quel courage parles-tu ? Le suicide n'est-il pas une forme de fuite, de désertion du champ de bataille qu'est la vie ? Le courage n'est-il pas plutôt d'affronter jour après jour l'adversité ?

Pourquoi je lui dis cela, moi qui aie tenté de mettre fin à ma vie, quel hypocrite, pensé-je.

— Je n'affronte rien, j'endure, je subis. Je pensais pouvoir tout encaisser, je m'étais fait une raison. Mais lorsque tu m'as vue tout à l'heure, quand ton regard s'est posé sur moi, il a reflété la misérable personne que je suis ! Je n'ai pas pu retenir mes larmes, pardonne-moi.

— Marie, tu te trompes, le misérable c'est moi, c'est nous autres. Si tu ne trouves pas la force de te défendre, c'est avant tout parce que tu n'as rencontré aucun soutien. Chaque jour, j'ai assisté comme un lâche à ton malheur sans lever le petit doigt. Mais aujourd'hui, je te jure que les choses vont changer !

À ces mots elle se tourne doucement vers moi, quand, au même instant, le soleil à l'est parvient à percer la grisaille. Les rayons éclatants du matin s'engouffrent dans cette brèche, venant vivifier de leurs teintes chaleureuses, le visage de Marie. Sa chevelure étincelante prise dans le souffle du vent semble balayer d'est en ouest la morosité d'un ciel hivernal. Le moment a quelque chose de symbolique, j'aimerais qu'il reste gravé.

— Je ne comprends pas, que veux-tu dire ? demande-t-elle.

— Je ne peux pas t'en dire plus.

Marie intriguée, fronce légèrement les sourcils, avant de poursuivre :

— Je ne sais pas ce que tu as l'intention de faire, mais ne te mêle pas de ça, ils n'hésiteraient pas à s'en prendre à toi.

— Ne te préoccupe pas de moi. Pour l'instant, je dois revenir à mon poste. Fais-moi confiance, bien que je ne le mérite probablement pas.

Perplexe, Marie acquiesce d'un léger hochement de tête. Quant à moi, rassuré, je retourne dans l'open space.

Il est à présent 7 h 30 passé, la plupart des collègues sont maintenant arrivés. Le premier e-mail sera envoyé dans deux heures et demie. Marie ne redescend qu'à huit heures. Après cette nuit enfermée aux archives, elle est probablement allée se rafraîchir dans la salle d'eau. J'aimerais que tout soit déjà terminé, que le plan se soit déroulé sans accroc. Mais malheureusement, Marie va devoir supporter les remarques désobligeantes de Louis deux heures de plus.

À dix heures moins cinq, je pars en pause avec les collègues. C'est le parfait alibi, Louis ne pensera pas à un envoi différé, je serai donc hors de tout soupçon.

En revenant à mon poste, dix minutes plus tard, j'entends des bruits sourds provenant du bureau du patron. Laurence interpellée par le vacarme, ouvre la porte du bureau. Au travers, j'entrevois Louis qui est en train de piétiner ma pauvre caméra, il est fou de rage. Il a donc pris connaissance du premier mail. Dommage pour mon dispositif, mais c'était un sacrifice nécessaire. Laurence affolée par le spectacle, tente de calmer son amant, mais celui-ci lui somme sèchement de sortir. Marie qui assiste à la scène ne sait où se mettre alors que Laurence balbutie quelques mots incompréhensibles. Louis perd littéralement les pédales, il pousse de force sa maîtresse hors de son bureau en lui hurlant de ne pas revenir. Laurence, en état de choc, file dans le couloir en sanglotant. J'éprouverais sûrement de la pitié si je ne la connaissais pas, elle n'a que ce qu'elle mérite.

Après quelques minutes, Louis semble se calmer. C'est bientôt l'heure du second e-mail, celui des revendications. Trente minutes s'écoulent avant que le patron, dégoulinant de sueur, ne sorte de son bureau. Il fait peine à voir le despote, décomposé, tremblotant comme un chien battu. En l'espace d'une seconde, l'image du leader impassible qu'il avait vient de voler en éclats devant toute l'équipe ici présente. Il se tourne alors vers Marie en s'essuyant le front de sa manche.

« Premier commandement : Aux pieds de Marie, tu imploreras son pardon »

Louis s'agenouille devant Marie. Il songe probablement à sa carrière, son couple, sa vie sociale. Pour une ordure de son espèce, la fierté ne pèse pas lourd en comparaison. Marie gênée se lève aussitôt de sa chaise, mais Louis implore qu'elle l'écoute. D'une voix ébranlée, il prononce ces mots :

— Marie, tout ce que je t'ai fait subir jusqu'à maintenant, la façon dont tu as été traitée ici. Tout ça ne se produira plus, je m'y engage formellement. Personne ne te manquera plus de respect, alors je t'en prie, pardonne-moi !

Complètement déconcertée, décontenancée par la situation, Marie balaye du regard ses collègues, mais tous sont aussi médusés qu'elle. Son attention finit par se fixer sur moi, j'arrive à lire la surprise et le questionnement dans ses yeux. Elle sait que je suis à l'origine de ce qui se passe. Je me contente alors de lui sourire.

— Marie, accorde-moi ton pardon, poursuis Louis.

Marie recule d'un pas.

— Mais, Monsieur, que faites-vous ?

— Je t'en supplie, pardonne-moi ! insiste Louis d'une voix déchirée.

Sous la pression, Marie finit par lui lâcher le mot : trois lettres pour pardonner des mois de harcèlement. J'aurais aimé qu'elle résiste, qu'elle l'accule dans ses retranchements pour finalement ne pas lui accorder son absolution. Mais Marie n'est pas comme ça, elle ne ferait pas de mal à une mouche. Je suis presque certain qu'elle ressent de la pitié pour lui, pour cet être immonde, qui l'aurait sans aucun remords poussé jusqu'au suicide.

Parmi l'assemblée ici présente, la stupéfaction règne. Loïc reste bouche bée. Louis se relève péniblement, abattu. Mais l'exécution des revendications ne fait que commencer.

« Deuxième commandement : Son salaire tu doubleras et son temps de travail tu diviseras ».

Louis sort une enveloppe de sa poche et la tend à Marie.

— Marie au vu de l'excellent travail que vous avez toujours

accompli, je vous accorde une promotion exceptionnelle. Vous trouverez un avenant à votre contrat de travail dans cette lettre.

Marie saisit l'enveloppe d'une main hésitante, sans dire un mot. On voit à son regard qu'elle n'a plus tout à fait les pieds sur terre.

— Mais Louis, qu'est-ce qu'il te prend tout à coup ? C'est une farce ? Lance Loïc.

« Troisième commandement : Loïc et Laurence, loin de Marie tu exileras »

— Loïc, va me chercher Laurence, je dois vous parler dans mon bureau. Lui répond Louis d'un ton autoritaire.

— Mais, Louis…

— Tout de suite ! insiste Louis.

Le regard de Loïc se fige un instant, d'un mélange de stupéfaction et de crainte. Puis il sort de l'open space, allant retrouver Laurence.

Louis se tourne à nouveau vers Marie.

— Je t'accorde également un mois de congés payés. Tu peux rentrer chez toi dès maintenant, termine-t-il, avant de regagner son bureau, laissant derrière lui une atmosphère des plus déroutantes.

Marie, bien trop docile, s'exécute et se prépare à rejoindre son domicile. Quelques minutes plus tard, avant de quitter les lieux, elle s'approche de moi et me souffle :

— Je ne sais pas ce que tu as fait, mais je te remercie ! Merci de tout mon cœur. J'espère que tu m'expliqueras à mon retour.

…

Après cette longue et belle journée, me voilà à nouveau dans ma cage. Cherchant le sommeil, je me mets comme à mon habitude, à scruter les détails du plafond.

Trois commandements auront suffi à rendre justice à Marie. Pour la première fois de ma vie, j'ai l'impression de commencer à accomplir quelque chose, de donner un sens à mon existence. Un sentiment de jubilation et de plénitude se répand en moi. C'est donc ça la paix intérieure.

V — L'odeur et le goût

Ah la merveilleuse odeur ! Cet arôme malté aux effluves subtilement caramélisés. Je me rappelle encore ma première gorgée, j'étais alors un enfant.

Happé par l'enivrante émanation, il m'arrivait souvent d'en réclamer à mes parents. Un jour, fatigués de ma persévérance, ces derniers finirent par accéder à ma demande, probablement dans l'espoir de ne plus la voir se renouveler. Bien naïf, je pensais pouvoir me fier à mon odorat pour prédire le goût des choses. À cet âge, mon nez ne m'avait pas encore suffisamment trompé. Si l'odeur du liquide était agréable, il devait en être de même pour la saveur. Comment aurait-il pu en être autrement ?

Quelle ne fut pas ma surprise, quand ce condensé d'amertume se déversa dans ma bouche ! Bien après l'avoir recraché et m'être rincé le gosier, son goût persistait sur les côtés de ma langue, et pour m'en défaire, j'allais jusqu'à la gratter.

Pourtant, seules quelques années passèrent avant que je tente à nouveau l'expérience, et bien que la seconde n'en fût pas moins déplaisante, je fis bonne figure devant mes nouveaux amis lycéens. C'est ainsi que par la force des choses, et surtout par le besoin vital de m'intégrer, j'allais finir par en apprécier la saveur âpre. Ce souvenir me renvoie à l'instant présent, au moment où je hume par rituel l'odeur de ce liquide noirâtre, assis au comptoir d'un pittoresque bistro parisien.

J'ai beau être un solitaire, l'agitation de ce lieu chargé d'histoire n'est pas pour me déplaire. J'aime y observer les gens. Ce n'est pas un jeu malsain, mais de la simple contemplation, je les regarde discuter librement, avec leurs amis et connaissances, sans craindre de quelconques représailles pour leurs avis les plus tranchés. Cela me permet de prendre du recul. J'arrive à trouver en chacun d'eux, un comportement, une habitude, voire une expression que je partage. Tous ces inconnus sont autant de petits miroirs sur ma personne. Tandis que certains flattent mon ego, d'autres me révèlent de dérangeantes vérités. J'aimerais parfois les renier, toutefois, l'objectif de l'exercice exige d'embrasser à la fois le bon et le mauvais, et cela, quitte à se remettre en question, à ébranler cette si précieuse confiance en soi.

Je n'ai aucun problème avec les gens sûrs d'eux, tant que cette assurance est légitime. Malheureusement, il faut bien reconnaître que la plupart du temps, cette dernière ne l'est pas. Notre société admet intuitivement que mieux vaut affirmer une ânerie avec panache que son contraire en tremblant des genoux. Cela passe plus facilement auprès de l'audience. Les débats des politiques à la télé en sont un parfait exemple. Ces technocrates n'habitent pas le même plan que ceux qu'ils gouvernent. Ils se permettent d'aborder des souffrances qu'ils n'auront jamais à connaître. Et puis, il en faut de l'assurance pour mentir, pour promettre ce qu'ils savent intenable, se sachant les pantins de puissants lobbies.

Non, définitivement non, le doute n'est pas admis, plus permis. On l'associe aux faibles, alors qu'il est force et signe d'intelligence. En revanche, l'arrogance et la bêtise font un retour triomphal, ce sont les vertus 2.0. On cherche et sélectionne les plus beaux spécimens pour la télé. Car, il est primordial d'exposer chaque jour, heure et minute, leur incommensurable médiocrité. Comme cela ne suffit pas, on les invite sur les plateaux, afin que le spectateur s'abreuve toujours plus, du jus frelaté de leurs psychés dégénérées. Enfin, pour ceux qui ne seraient malgré tout pas rassasiés, il reste ces torchons quotidiens dans lesquels est exhibée la plastique artificielle et insipide de leurs idoles.

Certains d'entre nous ne les suivent que pour les mépriser, pour satisfaire ce besoin de supériorité. D'autres les admirent, s'en inspirent. Mais, tous contribuent consciemment ou non, à leur apologie. Voilà le triste bilan du Moyen Âge moderne, me dis-je, quand, mes divagations se voient interrompues par l'arrivée d'un homme sur ma gauche.

Ce dernier est de taille moyenne, au milieu de la trentaine. Ses cheveux bien coiffés et son regard hautain vont de pair avec le costume à trois SMIC qu'il revêt, et ses chaussures fraîchement cirées. À son poignet droit, il porte l'accessoire fétiche du cadre supérieur : la montre de luxe, dont le prix me ferait sûrement frémir d'indignation. Ce n'est pas un habitué, je ne l'ai jamais vu auparavant, et puis ce n'est pas le genre d'endroit que fréquentent les gens de sa caste sociale, d'ordinaire.

L'étranger s'adresse au barman sans la moindre politesse :

— Où se trouvent les toilettes ?

— Au fond à droite, Monsieur, lui indique aimablement Tony, de son surnom, diminutif d'Anthony.

L'individu accueille l'information froidement, se détournant sans un merci, pour rejoindre le lieu donné.

— Encore un qui n'a pas reçu les bonnes manières ! dis-je à Tony, qui ne pouvant se permettre de médire d'un client, me répond d'un simple sourire complice.

Cela fait déjà quelques années que je viens chaque semaine dans ce boui-boui, et bien que Tony ne soit pas vraiment ce que l'on pourrait appeler un ami, nous avons à maintes reprises engagé la conversation. Pour le moins, suffisamment pour sympathiser et se tutoyer l'un l'autre. Tony est un gars simple et franc du collier, comme je les aime. Nous partageons en outre quelques points communs : nous sommes nés le même jour et vivons tous les deux seuls, et au regard de son job, son salaire ne doit pas voler bien haut non plus. Comme beaucoup, il mène une vie de chien et ne sait se plaindre. C'est un trait de caractère que j'admire et condamne. Travailler dur sans se poser de questions, sans penser qu'il existe peut-être une alternative à tout ceci.

Une fois la dernière gorgée ingurgitée, je laisse un peu plus de monnaie que le montant de l'addition, et me dirige à mon tour aux toilettes pour y satisfaire un besoin naturel.

Deux minutes plus tard, en sortant de mon box, je croise l'homme à la montre. Celui-ci fait mine de ne pas me voir, et me coupe la priorité pour l'unique lavabo. Le mufle enlève et dépose sa montre sur le bord du meuble, en reniflant d'une façon distinctive. La chose me conduit instinctivement à porter mon attention sur son nez, où j'aperçois un résidu de poudre. De la coke à ne pas s'y confondre. En voyant son reflet dans le miroir en face de lui, celui-ci se frotte le dessous des narines pour effacer l'évidence. La cause l'ayant poussé à rester aussi longtemps aux toilettes n'était donc pas d'ordre intestinal, mais nasal. Quand on y réfléchit, cela explique également sa présence ici. L'endroit lui confère discrétion et anonymat. Pour en être réduit à devoir prendre un rail de coke durant sa pause, son travail doit se révéler plutôt stressant. Peut-être même en a-t-il besoin pour surmonter ses cas de conscience. À sa dégaine, je dirais qu'il bosse dans le monde de la finance, peut-être est-il courtier. Enfin, ce ne sont que des suppositions.

L'homme se retourne et me toise de haut en bas, avant de passer en me bousculant légèrement. J'avance alors pour me laver les mains, mais en regardant le lavabo, je vois que le bougre a oublié sa montre. Prestement, je l'interpelle à deux reprises. Mes tentatives sont vaines, il feint de ne pas m'entendre. À quoi bon prêter attention à un prolo ? Que pourrais-je lui apporter moi qui suis socialement inférieur ? Eh bien, qu'il en soit ainsi ! Quelque peu agacé, j'attrape la montre et la tends au-dessus de la corbeille placée aux côtés des commodités. J'hésite quelques instants, puis, finalement, je renonce à la jeter. Une bien meilleure idée me vient à l'esprit.

En sortant du bistro, je regarde au coin de la rue en espérant y voir un visage familier. Une de ces personnes auxquelles on attribue l'acronyme de SDF : sans domicile fixe. Un acronyme absurde selon moi, car la définition du mot « domicile » ramène à un point qui est justement fixe. Le « fixe » dédramatise l'expression, la réalité est plus rude, on a un domicile ou l'on n'en a pas !

Si je devais donner un point fixe à ce clochard, un lieu où l'on serait certain de le retrouver tôt ou tard, ce serait ce carrefour-là, où il mendie à la sortie d'une supérette.

Je l'y vois presque chaque fois que je passe dans cette rue. Au début, je le négligeais simplement comme n'importe quelle personne de sa condition, à l'instar de la façon dont j'avais été ignoré un peu plus tôt. À la différence tout de même, que je ne le faisais pas par mépris, mais par gêne. Par peur qu'il m'aborde, qu'il me réclame quelque chose. Toutefois, cela n'avait servi à rien, vu qu'il avait malgré tout fini par m'interpeller et me donner un surnom en prime : « L'homme triste ».

C'était un qualificatif que j'avais de prime abord détesté, puis, au fil des ans, je m'y étais accoutumé. Peut-être que j'ai mérité ce prénom, car, bien que je me fusse toujours efforcé de dissimuler mon mal-être, l'œil averti de ce mendiant avait pu voir au-delà de la façade. Pour un homme auquel je n'avais jamais accordé plus de deux mots, il semblait en savoir plus long sur moi que la plupart de mes proches. Alors que de mon côté, même quand je lui cédais ma monnaie, je ne cherchais qu'à me dédouaner de sa situation, ce n'était qu'une autre façon de le tenir à l'écart. Bien qu'il se soit donné la peine de m'attribuer un surnom, pour moi il n'était qu'un visage anonyme : le clodo au coin de la rue.

Désormais déterminé à réparer cet impair, je me dirige d'un pied résolu vers lui. Me voyant m'approcher à vive allure, le mendiant aux cheveux grisonnants relève la tête et m'adresse un regard interrogatif.

— Ah, bonjour ! Que puis-je pour toi l'homme triste ? sort-il de sa bouche partiellement édentée.

Pris au dépourvu par ma propre initiative, un court moment s'écoule avant que je ne lui réponde.

— Salut, en t'apercevant à l'instant, je me suis rendu compte que… nous n'avons jamais eu une réelle conversation durant toutes ces années où… nous nous sommes croisés.

Mon interlocuteur me fait alors des yeux ronds, avant d'éclater d'un rire sourd et franc. Le pauvre manque d'ailleurs de s'en étouffer.

—Ah ! Ah ! Ah ! s'esclaffe-t-il. Soulage ta conscience immédiatement ! Sache que ceux qui me parlent sont encore moins nombreux que ceux qui me regardent. La plupart ne s'approchent pas de moi, probablement à cause de l'odeur.

— Ce n'est pas tout à fait faux, vous boucanez un peu. Dis-je trop décomplexé par ce premier échange.

— Toi aussi tu sentirais mauvais si tu couchais dehors chaque nuit que Dieu fait, rétorque-t-il sévèrement.

— Excuse-moi, je ne voulais pas te blesser, dis-je, embarrassé par ma maladresse.

— Détends-toi, je plaisante, on m'en a sorti de plus rudes, lance-t-il avant de reprendre un air sérieux. Dis-moi ? Quelque chose a changé dans ta vie n'est-ce pas ? Je ne perçois plus le désespoir d'autrefois dans tes yeux. Non, je vois quelque chose de nouveau, mais il m'est difficile de le décrire. Que t'est-il arrivé ?

Sa question m'amuse et je décide d'y répondre honnêtement.

— Je pense que… j'ai fini par toucher le fond de la fosse des Mariannes.

Le mendiant, curieux, me demande :

— Et… qu'y as-tu trouvé ?

— J'ai cru d'abord y voir la mort, mais finalement, ce n'était qu'un autre gouffre, plus sombre encore.

— Qu'y a-t-il de plus obscur que la mort ?

— C'est un paradoxe, car il faudrait que je meure pour te répondre. Et toi, comment as-tu fini dans la rue, qui étais-tu autrefois ? lui dis-je.

Sans doute par pudeur, le vieil homme hésite durant un court instant à répondre. Puis, comme pour s'aider à faire remonter de lointains souvenirs à la surface, celui-ci se frotte le front en plongeant dans ses pensées.

— Qui étais-je avant ? Quelqu'un d'important ! Du moins, j'imaginais l'être, me lance-t-il le regard pris de nostalgie.

— Que veux-tu dire par là ? lui demandais-je, à mon tour intrigué.

— Crois-le ou non, je siégeais à la tête d'une société d'import-export. J'aimais ce que je faisais et j'excellais dans mon domaine, les affaires marchaient bien. Je vivais littéralement pour mon entreprise, me dit-il avec entrain.

— Et puis ?

— Eh bien, presque du jour au lendemain, j'ai été frappé d'une terrible dépression. Moi, dont la devise avait toujours été : « le monde appartient à ceux qui se lèvent tôt », je ne trouvais plus la force de sortir de mon lit, je ne comprenais pas ce qui m'arrivait. Ce n'est que bien des années plus tard, que j'entendis parler du terme « Burn out », mais entre-temps, j'avais tout perdu. L'œuvre de ma vie, celle que j'avais bâtie durant des années, s'était effondrée comme un château de cartes. Étant orphelin de naissance et n'ayant jamais accordé d'importance à ma vie sentimentale, je n'avais ni famille, ni femme, ni enfants. Mes amis m'ont successivement hébergé quelques semaines, avant de poliment me mettre à la porte. En quelques mois à peine, j'étais passé de PDG à SDF sans le sou. Je me suis alors décidé à mendier pour survivre, et comme tant d'autres, j'ai sombré dans l'alcoolisme. Ce sont les premières années qui ont été les plus difficiles. Mais après avoir accepté la réalité et touché le fond du trou, je me suis reconstruit petit à petit. Dans mon malheur, j'ai trouvé dans la rue l'opportunité de me faire de nouveaux amis, en quelque sorte, la famille que je n'avais jamais eue. Puis, j'ai retrouvé l'usage de mon temps. Plus d'impératifs ! De rendez-vous administratifs, de factures à payer, d'horaires à respecter ! Je suis libre comme tu peux le voir, plus libre que tu ne le sauras jamais toi qui fais partie de ce système.

— Ton histoire est incroyable et bien que j'adhère en grande partie à ta vision du monde, je ne pense pas que ta liberté soit absolue. Cette dernière n'est pas tangible, sa perception varie d'un individu à l'autre. Le temps n'est qu'un de ses innombrables aspects. Par exemple, nous ne pouvons pas voler dans le ciel, et le sol que nous arpentons est parsemé d'obstacles que nous devons contourner. Certains sont naturels comme un ravin ou un océan, tandis que d'autres sont artificiels, comme un mur ou la frontière séparant deux pays voisins. Du point de vue d'un oiseau, ou même de nos lointains ancêtres nomades, notre liberté est bien restreinte. D'autre part, toi qui affirmes disposer entièrement de ton temps, tu es malgré tout assujetti à tes impératifs biologiques, et par conséquent, tu dois mendier pour vivre. La vie, que dis-je ! La physique elle-même repose sur un ensemble de contraintes, de règles. Sans ces limitations, rien ne serait. Peut-être que la liberté absolue n'est rien d'autre qu'une chimère. En d'autres termes, la non-existence ! Finalement, comme toutes choses, son excès n'apporterait rien de bon. Et le secret du bien-être se soumettrait à un savant dosage de cette dernière.

Le vieil homme m'adresse un sourire bienveillant :

— Tu es du genre à cogiter toi. J'avais l'impression de t'entendre penser, un vrai monologue !

— Oui, désolé, ça m'arrive parfois.

— Ne t'excuse pas, ta réflexion était intéressante. Comme tu l'as dit, la perception de la liberté varie d'un individu à l'autre. De mon point de vue, ma nouvelle vie, bien que difficile, m'apporte un degré d'indépendance supérieur à la précédente. Observe toutes ces personnes, me lance-t-il en balayant les passants du regard. Contemple-les avec ces beaux costumes qu'ils portent fièrement. Comme eux, j'étais contraint de suivre le « Dress code » imposé par ma profession. Mais ne penses-tu pas que le vrai luxe est d'être à même s'habiller comme on le désire ? Au fond, ces uniformes n'incarnent-ils pas les chaînes dorées de la civilisation moderne ? Vos belles maisons, vos smartphones, vos voitures, vos crédits sont autant de sources d'asservissement. Personne n'a plus le temps de réfléchir, de considérer qu'il existe peut-être d'autres façons de vivre. Votre univers est si petit, dit-il, en secouant la tête d'un air dépité. L'homme moderne ne regarde plus les étoiles, il ne rêve plus, il consomme.

— Je ne vais pas te contredire, mais dans ce cas, pourquoi restes-tu à Paris ? Pourquoi ne profites-tu pas de cette liberté pour voyager, vagabonder à travers toute la France ?

— Je pourrais, mais comme je te l'ai déjà dit, je me suis constitué une famille ici. Malgré leurs dangers, les rues de cette ville sont en quelque sorte devenues ma maison. Je m'y plais, c'est mon chez-moi.

— Je vois, c'est une raison valable, dis-je en apercevant l'heure à ma montre. Bon ! J'ai sincèrement apprécié cette conversation, mais je dois y aller.

— Ah, une petite amie ? me demande-t-il.

— Oh non ! C'est ma voisine, elle m'a invité à déjeuner. Une gentille dame plus proche de votre génération que de la mienne, mais nous nous entendons bien. On parle souvent de tout et de rien, c'est un peu comme une seconde mère pour moi.

— Tu as raison, la famille ne se limite pas au sang ! lance-t-il, d'un ton approbateur.

Au moment d'y aller, je me souviens de quelque chose :

— Ça te dérange si je te donne un surnom moi aussi ?

— Non, ce serait un juste retour des choses, me répond-il.

— Alors, permets-moi de t'appeler Nattô.

— Na… To… ? s'étonne le vieil homme.

— Oui, en référence à ce plat japonais à l'aspect et l'odeur repoussante, mais dont la saveur est, dit-on, incomparable.

Nattô de son nouveau surnom me regarde d'un air dubitatif.

— Je ne sais pas trop comment accueillir ce surnom, mais après tout, ce n'est pas à moi d'en décider. Merci à toi l'ami !

Je saisis alors la montre dans ma poche et la lance en direction de Nattô qui l'attrape au vol.

— Tu peux la garder, c'est un cadeau, lui dis-je.

Nattô observe l'objet avec une grande attention en le faisant tourner entre ses mains.

— Ça n'a pas l'air d'être une contrefaçon, je ne peux pas accepter un tel présent, déclare-t-il.

— Ne t'en fais pas, elle te sera plus utile à toi qu'à son ancien propriétaire. Tu peux la conserver, ou la revendre, tu en tireras un très bon prix. Peut-être même de quoi te remettre en selle.

— Je ne sais pas quoi te dire, j'en ferai bon usage, merci infiniment.

— Tu pourrais bien dépenser l'argent pour boire, ça ne me regarderait pas.

Ému, Nattô me remercie à nouveau, les yeux coulants de gratitude.

Je le salue de la main et m'en vais. Juste avant de disparaître dans la jungle urbaine, je l'entends crier :

— L'homme triste, nous devrions parler plus souvent !

VI — Le vieux canif

Les jours à venir s'annonçaient beaux, le printemps était au rendez-vous, et avec lui, les rayons du soleil apportant énergie et allégresse.

Aujourd'hui, le congé que Louis avait accordé à Marie prenait fin. À cette heure-ci, elle devait déjà être arrivée aux bureaux, mais je ne la verrai pas, car j'étais moi-même en vacances pour deux semaines.

Si mes « vacances » démarraient de concert avec son retour, ce n'était pas un hasard. Je ne me sentais pas prêt à répondre aux questions qu'elle allait me poser, et je n'avais trouvé que ce pitoyable stratagème pour en repousser l'échéance. Ainsi, non sans un brin de culpabilité, je me prélassais à la terrasse du « résistant ».

Je sirotais le délicieux mojito que Tony venait de me servir, quand, la vision d'une silhouette familière me le fit cracher de surprise. Manquant de peu de m'étouffer dans l'opération, je tentais tant bien que mal d'absorber quelques bouffées d'air alors qu'un sentiment d'incompréhension grandissait en moi.

Il avançait tranquillement vers moi, la démarche décontractée, basculant fièrement la tête d'avant en arrière. Ce front fuyant, cette mâchoire de pitbull et ce regard haineux, un visage qui m'était plus que familier. Je ne l'avais vu qu'une fois de mes propres yeux, et de loin de surplus. Mais, suite à son arrestation, sa photo avait fait la une du journal local. Aucun doute possible, c'était bien lui !

Que faisait-il dehors ? Il aurait dû gésir à l'ombre des barreaux d'une cellule ! Au lieu de cela, il se pavanait, arpentant la rue même où je me situais. Comment avait-il fait pour me retrouver ? Plus étonnant encore, par quel miracle connaissait-il mon identité ? J'étais pétrifié, comme un lapin paralysé par les phares d'une voiture. Il avançait vers moi, mais je ne trouvais pas le courage de me lever de ma chaise, incapable de fuir. La situation ne me paraissait pas normale, quelque chose clochait. Quand il passa à mes côtés, sans me porter la moindre attention, un froid glaçant me parcourut le dos, comme si un spectre malfaisant m'avait traversé de part en part.

Le Molosse n'était pas là pour moi, notre rencontre n'était que fortuite. Je n'avais rien à redouter ! Bien sûr, il ne pouvait savoir qui j'étais ! Le hasard était seul responsable de la croisée de nos chemins. Non, je n'avais rien à craindre ! Au fur et à mesure que mon antagoniste s'éloignait, sans avoir la moindre idée de qui il venait de croiser, je retrouvais graduellement mon calme.

Apaisé, je pouvais à nouveau faire appel aux mécanismes rationnels de mon cerveau, et ce dernier me criait de découvrir au plus vite, comment la justice avait pu relâcher ce malfrat de la pire espèce. Bien sûr, j'avais conscience des défaillances du système judiciaire. Mais bon sang ! Cela ne faisait que quatre mois que le Molosse s'était fait prendre la main dans le sac, avec trois kilogrammes d'héroïne pure !

Une heure plus tard, j'arrivais enfin à mon appartement. Après m'être littéralement jeté sur mon ordinateur portable, seules quelques minutes me furent nécessaires pour avoir le fin mot de l'histoire. Jugement et application : il en avait bien pris pour six mois de prison, dont trois fermes, le tout assorti d'une amende de quinze mille euros. J'en demeurais bouche bée un instant, cela faisait donc déjà un mois que cette canaille se promenait à l'air libre. Comment les autorités pouvaient-elles prétendre vouloir enrayer le trafic de drogue en prononçant des sentences si laxistes ? Le montant de l'amende devait tout juste avoisiner le profit d'une semaine de business pour ce gangster.

Accusant le choc, je restais hagard un moment, avant d'entendre monter en moi les tambours de la colère. Furieux, je frappais violemment le clavier de mon ordinateur portable, faisant sauter une de ses touches au passage. J'avais sous-estimé les faiblesses de notre système et laissé mon adversaire pour vaincu. Trop confiant, je lui avais tourné le dos et celui-ci s'était relevé sans difficulté. La cloche venait de retentir annonçant le départ du second round. Le piège que je lui avais tendu lors du premier ne fonctionnerait plus, j'allais maintenant devoir trouver une autre stratégie. Plus question de m'appuyer sur un système judiciaire déficient, on ne m'y reprendrait pas ! La sentence devait être délivrée par mes propres soins.

Ayant déjà usé des trois kilogrammes d'héroïne et de la clé USB comme appâts pour piéger les Hoodsters, il ne restait en ma possession que le vieux couteau et une copie de la clé USB originelle. Cette dernière semblait avoir une grande importance aux yeux du Molosse. Pour preuve, il l'avait expressément réclamée lors de nos échanges passés. En outre, il était fort à parier que le fichier chiffré qu'elle avait contenu en était la raison. Bien sûr, depuis le temps, j'avais tenté à de multiples reprises et sans succès de le déchiffrer. D'ailleurs, était-il seulement chiffré ? Il aurait tout aussi bien pu être encodé, ou bien même haché.

Alors que l'encodage, transforme les données d'un format à un autre et permet de retrouver l'état initial si l'on sait la technique employée, le chiffrement lui est plus critique, car il implique une clé. Il est toutefois parfois possible de s'en passer en exploitant une faille de l'algorithme utilisé. Encore faut-il qu'une telle faille existe et soit connue. Néanmoins, même dans ces circonstances, la puissance de calcul nécessaire à l'ouvrage reste bien souvent indécente. Enfin, le hachage lui est un chiffrement à sens unique, il ne permet pas de retrouver la donnée originelle, du fait que cette dernière est détruite lors de la conversion. Son rôle est de produire une chaîne de texte de longueur fixe en s'appuyant sur la donnée de départ. L'intérêt principal de cette technique consiste à offrir un moyen de comparer les mots de passe, et ce, sans avoir à les faire transiter de façon intelligible sur le réseau.

Malheureusement, je n'avais aucune idée de la méthode employée ni de l'algorithme potentiellement utilisé dans le cas d'un chiffrement. Cela pouvait être n'importe quoi. Mes compétences dans ce domaine étaient insuffisantes, il me fallait l'aide d'un spécialiste et j'en connaissais justement un. Un ami de longue date, du lycée. Bien qu'après le baccalauréat nous ayons emprunté des routes différentes, nous avions malgré le temps réussi à garder plus ou moins contact. L'avènement d'Internet et de ses moyens de communication n'y était sans doute pas pour rien. Lui, avait établi sa carrière dans le domaine de la sécurité informatique. Après quelques années à se forger une expérience sur Paris, il s'était fait recruter par une grande firme pékinoise. Son champ de métier étant en plein essor depuis les années deux mille, les choses roulaient plutôt bien de son côté. De nous deux, il était celui qui avait eu le nez le plus fin.

Tout cela pour dire que dans ce domaine précis de l'informatique, il en connaissait bien plus que moi. De plus, c'était une personne de confiance. J'avais voulu jusqu'alors éviter de le mêler à cette sordide histoire, mais je n'avais à présent plus d'autre choix. Je devais agir, ou plutôt j'en avais le besoin. Ma récente rencontre avec le Molosse m'avait laissé un goût des plus amers. Je m'étais montré vulnérable face à lui et ma fierté, fût-elle certes mal placée, en avait pris pour son grade. Pour retrouver la quiétude, je devais rétablir l'ordre des choses.

J'envoyais donc le fichier à Nico, diminutif de Nicodème, un prénom peu commun et trop long à prononcer. Sa réponse ne se fit pas attendre. Le lendemain, il m'annonça qu'il avait réussi à trouver la méthode et l'algorithme employés : un cryptage dénommé « AES 256 » et totalement illégal en France, car presque impossible à casser. Avec la meilleure approche connue, des milliards d'années demeureraient nécessaires aux plus puissants calculateurs pour en venir à bout. En théorie, seul un ordinateur quantique permettrait de résoudre le problème en un temps linéaire. C'est-à-dire, en un temps d'échelle humaine. Malheureusement à l'heure actuelle, ces derniers n'existent que dans les laboratoires de recherche et ne proposent que des puissances de calcul de l'ordre de quelques dizaines de qubits : Quantum Bit, quand il en requérait des milliers.

La conclusion de Nico était la suivante :

— Pas de clé, pas de chocolat !

Son humour au ras des pâquerettes avait parfois le don de m'agacer. Mais je devais admettre qu'il m'avait bien fait avancer. Je savais à présent ce que je cherchais : une clé.

Le point positif, c'est que je n'étais pas limité par le nombre d'essais. J'avais ainsi commencé par tester les termes les plus évidents : Chico, Molosse, héroïne et même couteau, après tout, il aurait pu être un moyen mnémotechnique pour Chicco. Voyant ces tentatives infructueuses, je passais rapidement au logiciel spécialisé dans le cassage de clé par « Brute Force ». C'est une méthode qui consiste à essayer des milliers de mots par seconde en s'appuyant sur la combinatoire de millions de termes. Les termes sont issus de bases de données référençant les plus fréquemment employés. Je nourrissais peu d'espoir en usant de cette technique, mais elle avait l'avantage de ne pas nécessiter mon attention, je n'avais qu'à y jeter un œil de temps à autre.

Voir le nombre de combinaisons testées, évoluer à toute allure, avait quelque chose de jouissif. Combien d'années m'aurait-il fallu pour accomplir ce que mon ordinateur réalisait en une minute ? Pourtant, deux jours après et malgré ce chiffre qui ne cessait d'augmenter, j'en demeurais au même point. Si la clé se révélait être une suite de caractères aléatoires, la fin des temps ne suffirait pas à mon ordinateur pour la déterrer. Une pelleteuse est un outil formidable pour creuser le sable, mais face au Sahara, elle n'est guère plus utile que deux mains. Quoi qu'il en soit, c'était la seule solution qui se présentait à moi. J'allais par conséquent faire preuve de foi et partir du principe ça fonctionnerait… avec un peu de chance.

Je profitais alors du temps que j'avais à disposition pour jauger l'intérêt que le Molosse portait à ce fichier, pour cela, un simple texto suffirait. Me munissant donc de mon portable prépayé, j'envoyais le message suivant au Molosse : « Tu veux le contenu de la clé ? ».

La réaction ne se fit pas attendre, en cinq minutes à peine, il répondit « C'est toi ! Garde-moi ça bien au chaud, le temps que j'te chope ! »

À la lecture de son message, je devinais que le fichier ne lui était plus nécessaire. Le contexte avait changé, ou alors il bluffait. Je me trouvais à présent dans une situation sans issue. Je n'avais ni levier ni plan, mais le lendemain, une chose inespérée se produisit.

Le matin, peu après le lever, tandis que je dégustais un bon café sur mon canapé-lit, j'aperçus sur la table basse de mon salon, mon ordinateur portable affichant un message d'avertissement. Par une maladresse due à l'excitation, je me renversais le contenu brûlant de ma tasse dessus, sans que cela interrompe pour autant, ma lecture à voix haute du message inscrit dans le rectangle virtuel :

— Félicitations, voici la clé de chiffrement : « Vieux#Canif@91 ».

Je n'étais pas tombé loin, le vieux couteau servait bien de moyen mnémotechnique à Chico pour se remémorer la clé. Sans perdre de temps, je m'empressais de déchiffrer le contenu du fichier.

Le résultat fut un autre fichier texte. Celui-ci comportait sept lignes, dont chacune était composée d'une chaîne de caractères à taille fixe, soit de longueur dix-sept. Seuls les premiers et huitièmes caractères n'étaient pas numériques. En les observant de plus près, je remarquais que le premier ne prenait que les valeurs « N » ou « S » et le huitième « E » ou « W ». Il ne me fallut pas longtemps pour comprendre que j'avais affaire à des coordonnées GPS. Les lettres indiquaient la direction en latitude ou longitude, et se trouvaient toutes deux suivies des degrés, minutes, et secondes d'arc. Restaient maintenant les trois derniers chiffres. Le premier partant de un, était incrémenté à chaque nouvelle ligne pour un total de sept. Quant au second, il oscillait aléatoirement entre zéro et deux. Enfin, le dernier variait également, mais cette fois-ci entre 0 et 9. Après quelques secondes de réflexion, la réponse me vint comme un éclair : le numéro du jour de la semaine suivi d'une heure toute ronde. J'avais en face de moi un agenda hebdomadaire de lieux de rencontre.

Il ne me restait plus qu'à découvrir ce qui s'y tramait…

VII — L'Ermite

Nous sommes mercredi matin, il est sept heures. Je suis en route vers l'inconnu, guidé par mon tout nouveau GPS. Cela fait trois jours que je me prépare, j'ai dépensé tout ce qu'il me restait de l'argent soustrait au Molosse pour me procurer le matériel nécessaire à cette expédition.

Les coordonnées indiquées dans le fichier se situent pour la plupart en banlieue éloignée. Ne possédant pas de véhicule malgré mon permis B, je dus investir dans un moyen de transport personnel. À cet effet, j'ai passé près de deux jours à scruter les annonces sur Internet, avant de finir par dénicher cette petite merveille des années 90. Une Cagiva A8 : une 125cc italienne connue pour avoir été employée par l'armée française dès 1995, afin de remplacer les vieillissantes Peugeot SX8. Elle a notamment servi durant la première guerre du Golfe. Le modèle que j'ai trouvé n'affiche que deux mille kilomètres au compteur, et pour couronner le tout, son ancien propriétaire, un collectionneur en manque d'argent, l'a entièrement rénovée.

Le hic, c'est que j'ai dû parcourir cinq cents kilomètres en train et bus pour aller la chercher. Toutefois, le retour m'a permis de me familiariser avec cette belle machine. Jusqu'alors, je n'avais conduit que des 85 centimètres cubes et bien que je ne sois pas un conducteur hors pair, mon expérience est suffisante pour que j'aie conscience de mes limites. Je ne suis donc un danger ni pour moi-même ni pour les autres. Pour ce qui est du garage, Nadine s'est empressée de me proposer d'utiliser le sien. Comme elle m'a dit :

— De toute façon, je ne m'en sers que pour y accumuler du bazar. Il reste suffisamment de place pour ta moto, alors autant que tu en profites !

Parfois, je me demande ce que je ferais sans elle.

Je me dirige donc vers les coordonnées GPS du mercredi, sans savoir ce que je vais y trouver. Ce n'est pourtant pas faute d'avoir essayé ! Mais, même avec le meilleur système d'information cartographique du net, je n'ai rien distingué d'autre que la cime des arbres au beau milieu d'une forêt. D'ailleurs, parmi toutes les références GPS du fichier, je n'ai pu identifier que deux lieux. Le premier est l'ancien centre historique du village de Goussainville, déserté par ses habitants en 1973, peu avant l'inauguration de l'aéroport Charles-de-Gaulle. Le second, la butte d'Hautil, est une mine désaffectée située entre les départements des Yvelines et du Val-d'Oise. On y extrayait du gypse durant le 18e siècle, une pierre servant à la fabrication du plâtre. Ces lieux ont en commun une chose, ils sont abandonnés. Des endroits rêvés pour toutes sortes d'activités clandestines. Par conséquent, je m'attends à trouver quelque chose de similaire là où je me rends.

Les kilomètres défilent, et j'arrive bientôt au dit bois. La route se termine pour laisser place à un sentier mal entretenu, dans lequel je m'engage sans trop de difficulté avec ma petite cylindrée militaire. Au fur et à mesure, le sentier devient plus étroit. Les branchages des arbres et arbustes commencent à obstruer le passage. Considérant le risque de me blesser, je descends pour continuer à pied, mais avant, je décide de cacher ma moto derrière un large chêne. Après l'avoir camouflé à l'aide de quelques branches d'arbres trouvées au sol, je reprends mon chemin. C'est alors que j'aperçois une très grande maison sur ma gauche, ou plutôt un petit manoir.

L'imposante bâtisse, dispose d'un rez-de-chaussée et de deux étages à peine discernables tant les lierres en ont colonisé la façade. Les portes-fenêtres du premier niveau sont reliées entre elles par un balcon s'étendant tout du long. Un peu plus loin à gauche, elles donnent accès à un escalier extérieur, menant directement sur le toit-terrasse d'un édifice secondaire. De l'autre côté du bloc principal vient se greffer une tour de trois étages. Chacun d'eux pourrait aisément contenir l'équivalent volumétrique de mon studio. Les murs du manoir sont constitués d'un assemblage contrasté de briques rouges et de moellons de pierre calcaire blanche, le tout surmonté d'une toiture couverte d'ardoises bleu-anthracite. L'ensemble me rappelle un peu le centre-ville de Versailles, du moins, une version post-apocalyptique. De toute évidence, les lieux sont inhabités depuis des décennies et il serait délicat pour l'historien néophyte que je suis d'en dater la période.

J'enlève mon casque, l'accroche sur le guidon de mon engin, et prends quelques secondes pour admirer ce décor digne d'un film d'aventures. D'un coup d'œil, je mémorise visuellement l'endroit où je laisse ma moto. Son vert kaki se confond parfaitement dans la forêt, ce qui la rend difficile à retrouver.

Le manoir ne se trouve pas loin, à cent cinquante mètres à peine. J'avance dans la végétation à pas de loup, tout en sachant qu'une présence humaine potentielle aura entendu mon approche motorisée. Mais je suis en avance de deux heures sur le supposé rendez-vous et plus que confiant d'être le premier sur place.

Subitement, un lièvre sort d'un buisson et détale à ma droite. Le diablotin me fait sursauter, le coup d'adrénaline me force à marquer une courte pause. J'inspire puis expire profondément et reprends ma lente progression. Quand j'atteins enfin les abords de l'édifice, je distingue sous les lierres ce qui paraît être une porte. Je tâtonne sa surface en espérant y rencontrer une poignée, mais sans succès. Voyant mon entreprise échouer, je tente alors de la pousser, mais rien n'y fait, la bougresse ne bouge pas d'un iota. Dérouté, je décide de faire le tour du bâtiment en quête d'une autre issue.

Tant bien que mal, je me fraye un chemin au travers des buissons et broussailles jonchant les contours du manoir et me trouve bientôt du côté opposé à celui par lequel j'étais arrivé. L'endroit est plus dégagé. Sans pour autant paraître entretenu, la végétation y est moins abondante et les arbres davantage clairsemés. Aussi, j'y découvre un large sentier issu des profondeurs de la forêt et menant à ce qui semble être l'entrée principale du manoir : une grande porte voûtée. Cette dernière est si imposante, qu'elle accueille en son centre un portillon pourvu d'une serrure et d'une clenche que j'empoigne sans trop réfléchir.

À ma bonne surprise, le portillon s'entrouvre en grinçant, donnant accès à un vaste vestibule, lui-même connecté à un gigantesque salon. Le sol est couvert de poussière et de petits débris de plâtre craquant sous chacun de mes pas. En levant la tête, je comprends que ceux-ci proviennent des corniches et moulures altérées par l'humidité, qui décorent ici et là les plafonds. D'interminables arabesques courent le long des murs blancs nacrés, et s'écartent parfois pour accueillir de longues fresques aux tons bibliques, peintes à même leur support. La clarté du jour s'engouffre au travers des vitres crasseuses des nombreuses portes-fenêtres, abreuvant l'espace d'une lumière tamisée. Ce grand espace en carence de mobilier apporte un lourd écho au moindre bruit, s'offrant de la sorte le cachet sonore d'un lieu de culte. Aucune trace de dégradation d'origine humaine n'est visible. Ici, seul le temps a laissé son empreinte, saccageant minutieusement, jour après jour…

Subjugué par l'atmosphère imprégnant la pièce, je me tapote les joues pour sortir de ma torpeur, et regarde l'heure affichée sur mon téléphone. Quatre-vingt-dix minutes me séparent du présumé rendez-vous. Je dois mettre à profit ce temps en effectuant un repérage des lieux. Méthodiquement, j'explore chaque étage, chaque élément : escaliers, chambres, cuisine, salle de bains, couloir, grenier, cheminée, cave. Je ne laisse rien au hasard. La besogne m'occupe une bonne heure, à la suite de laquelle je m'évertue à trouver une cachette pour épier l'évènement attendu. Soudainement, j'entends une moto approcher du côté de l'accès principal. Forcé à prendre une décision dans l'immédiat, je jette mon dévolu sur l'une des deux grandes cheminées du salon et me dissimule à l'intérieur, dans l'ombre.

Bientôt, j'entends la porte d'entrée grincer. J'avais eu la présence d'esprit de la refermer derrière moi afin de ne pas attirer l'attention. Des bruits de pas se dirigent vers le vestibule, y font une courte pause, puis poursuivent leur chemin vers le salon. J'entrevois maintenant l'individu. Je ne l'ai jamais vu auparavant, crâne rasé, grand et costaud, le gaillard a la carrure d'un boxeur poids lourd. Il s'arrête au milieu du salon et observe tout autour de lui. Que fait-il ? Je baisse le regard, mon pied gauche sort de l'ombre, je le recule doucement en serrant les dents. L'homme paraît chercher quelque chose, mais quoi ? Il extrait alors un téléphone mobile de sa veste en cuir noir et le place sur son oreille droite. Quelques secondes après, il prononce ces mots :

— Le colis est arrivé.

L'homme acquiesce à plusieurs reprises avant de conclure :

— OK, dans une heure, j'vous attends ici patron.

À qui parlait-il bon sang, au Molosse ? Et ce colis ? L'individu range son téléphone et soulève l'arrière de sa veste, dévoilant de ce fait un holster duquel il extrait une arme de poing semi-automatique. Mes pensées s'accélèrent. Comment a-t-il su ? Le colis… faisait-il référence à moi ? L'homme tire la glissière de son pistolet, faisant ainsi pénétrer une balle dans la chambre de ce dernier. Scrutant les alentours, il se met à parler à voix haute :

— Ça fait quatre mois que le patron m'a donné l'ordre de t'retrouver. Quatre mois que j'suis obligé de m'rendre aux points de ramassages ! T'entends ! Le patron savait que tu finirais par déchiffrer l'fichier. Perso j'y croyais pas trop, mais il avait raison ! Il a toujours raison, c'est pour ça que c'est lui l'patron !

Merde, ce taré s'adresse à moi ou quoi ?

— Ah ah, tu dois te d'mander comment je sais qu't'es là hein ? Tu t'crois p't-être plus malin que nous ! J'avais accroché un fil à la porte d'entrée et il est cassé, j'ai vu ça dans un film à la télé ! T'es tombé dans le piège, t'es foutu ! Sors de ton trou, ça sert à rien d'te cacher ! Le Molosse arrive et crois-moi, il meurt d'envie de t'parler.

Un simple fil, je me suis fait avoir comme le débutant que je suis. J'ai encore mésestimé mon adversaire, alors que lui en revanche a considéré que j'allais réussir à déchiffrer le fichier.

Les battements de mon cœur s'accélèrent sous l'effet de l'adrénaline, le sang afflue dans mes veines. Mon corps se prépare à l'affrontement, mais mon esprit le peut-il ? Je n'ai pas le choix, si j'attends trop longtemps, le Molosse débarquera et la situation ne fera qu'empirer. Je dois agir rapidement, quand il est encore seul !

Par chance, l'ennemi commence par inspecter l'intérieur de l'autre cheminée, ce qui me laisse quelques précieuses secondes pour réfléchir. Je saisis la bombe lacrymogène dans ma poche, il arrive. Le combat s'annonce inégal face à son arme de poing et même sans cela, je ne fais pas le poids contre à cette montagne de muscles. Un seul de ses coups suffirait à m'assommer.

Il est là, à quelques centimètres de moi, qui suis caché derrière le rebord, quand il avance son visage, je presse immédiatement la gâchette de ma bombe, ce qui en libère le contenu directement sur ses yeux. L'homme de main hurle aussitôt de douleur et brandit son pistolet en tirant trois coups au hasard. Par chance, aucun ne me touche, je saisis alors un tisonnier resté dans la cheminée et tente de le frapper à la tête, mais mon ennemi pourtant aveuglé, se protège par instinct de son bras armé. Sous le choc, son pistolet lui échappe et vient glisser sur le sol du salon. L'instant d'après, je vois un flash blanc et me retrouve à terre, j'ai dû prendre un coup dans la confusion. Mon adversaire se tient les yeux en beuglant, m'insultant de tous les noms sans réussir à me trouver tandis que je suis étalé à ses pieds. Je me relève, le contourne, et m'échappe en titubant. Je franchis ensuite le vestibule, passe la grande porte et m'écroule dehors en crachant deux molaires accompagnées d'un filet de sang.

Il est derrière moi, il commence à recouvrer la vue. Je me redresse et me précipite, trébuchant à de multiples reprises. Je parviens tant bien que mal à rejoindre la Cagiva. Je la dégage et en éjecte mon casque du guidon d'un coup de main, le faisant rouler par terre. J'enfourche mon engin, et démarre en trombe. Derrière, j'entends déjà la moto de mon poursuivant. C'est surréaliste, je me trouve au beau milieu d'une course-poursuite en forêt.

Telle une antilope je repousse mes limites pour échapper à mon prédateur. Au moindre faux pas, c'en sera fini. Malgré tous mes efforts, il me talonne, l'expérience fait la différence. Il arrive maintenant à ma hauteur, sur ma droite, et tente de me déstabiliser à coups de botte. Le sentier est trop étroit pour deux motos, et garder le contrôle de mon véhicule m'épuise. Toujours sonné, je me sens à bout de forces. Le gorille frappe encore et encore, puis ma bécane vacille. Juste avant de chuter, je l'aperçois me dépasser. Il tourne la tête pour me suivre du regard, satisfait de son œuvre, mais il ne voit pas la branche qui vient lui briser la nuque.

VIII — L'œil du bourreau

Mes paupières s'ouvrent sous un ciel vert. Au-dessus de moi, les rameaux s'élancent au hasard des directions, s'enchevêtrant les uns aux autres, déployant fièrement leurs pelages de printemps. Une impression de déjà-vu. Je me redresse en grimaçant de douleur. Par je ne sais quel nouveau miracle, j'ai encore survécu. Je prends un instant pour vérifier que mes membres sont attachés à mon corps. Rien de cassé, suis-je vraiment mortel ?

Non loin derrière moi, j'entrevois ma moto empêtrée dans un buisson. Celui-ci est bien touffu malgré la saison. Je me rappelle être passé au travers, il a sans aucun doute amorti ma chute. Je cherche ensuite l'autre du regard et l'aperçois, il gît à quelques mètres de moi. Je me lève péniblement et avance jusqu'à lui en boitant du genou. L'angle anormal que prend sa tête vis-à-vis du reste de sa carcasse lui donne une allure grotesque. De toute évidence, son compte est bon. Cette fois, je n'éprouve aucun dégoût, juste un soulagement. Après tout, cette brute allait me tuer, pas de place pour la pitié.

Les effets de l'adrénaline sont bientôt supplantés par l'endorphine sécrétée par mon cerveau, cherchant à atténuer les signaux de détresse envoyés par mon corps blessé. Je devrais rentrer chez moi, mieux encore, filer tout droit aux urgences, car je suis salement amoché. Mais je ne peux pas reculer maintenant, je ne veux pas rater cette unique occasion qui se présente à moi.

Ignorant la douleur, je rassemble mes forces et libère ma moto de ses entraves, puis l'inspecte rapidement. En dehors du rétro, celle-ci ne semble pas trop endommagée. Je la démarre et rebrousse chemin à faible allure, laissant un cadavre de plus dans mon sillage.

Combien de temps me reste-t-il avant la venue du Molosse, vingt, trente minutes ? Pas un instant à perdre. Une fois de retour dans le manoir, je cherche et trouve sans difficulté l'arme de mon défunt poursuivant. N'ayant pas fait mon service militaire, je n'ai pas suivi un entraînement au maniement des armes à feu. Toutefois, il m'est arrivé par deux occasions qu'un ami m'invite dans un stand de tir. Par chance, le pistolet que j'avais alors utilisé était un modèle semblable à celui que je tiens désormais entre mes mains.

Sans trop réfléchir, je m'affale dans un coin de la cheminée et attends calmement. Le goût métallique du sang ruisselant sur ma langue m'insupporte, l'hémorragie provoquée par la perte de mes deux molaires droites, continue de m'inonder le gosier. En regardant mon jean, déchiré par ma chute au niveau du genou, l'idée me vient d'en arracher un petit morceau pour le caler dans ma bouche. L'écoulement ralentit aussitôt et finit par s'arrêter au bout de quelques minutes. Je fais preuve d'un flegme inhabituel au regard des récents évènements et cela vaut peut-être mieux pour la suite.

Le ronflement mécanique d'une nouvelle moto ne tarde pas à se faire remarquer, cette fois-ci ça ne peut être que lui ! Je me redresse et me mets en position. Je l'entends, comme son prédécesseur il passe l'entrée principale, puis avance dans le vestibule.

— Bulldog ? Hurle une voix familière.

C'est donc ça qu'on surnommait l'homme dont le corps gît à présent dans la forêt, à quelques lieues d'ici.

— Bulldog, tu fous quoi bordel !

Le Molosse s'impatiente. Il a dû remarquer l'absence du véhicule de son lieutenant. Je l'entends armer son pistolet et moi, je m'apprête à jouer de nouveau à la roulette russe. Cette fois, ce sera avec le Molosse lui-même. Je n'hésiterai pas ! Mon destin est scellé depuis que j'ai remis les pieds dans ce manoir. Pour trouver le courage, je me suis moi-même acculé au bord du précipice, renoncer n'est plus une option.

J'inspire lentement, bloque ma respiration, puis dirige le canon de mon pistolet en direction du vestibule, répétant inlassablement ces mots dans ma tête : viser, tirer, toucher. Viser, tirer, toucher. Viser, tirer, tuer.

Je vois pointer le bout de son flingue, suivie de ses deux bras tendus en avant. Patience ! Il sera bientôt à découvert. Un pas, deux pas. Au troisième, je fais feu une première fois, manquant largement sa tête. Aussitôt, il me repère et réplique. Je presse la détente encore et encore, la pierre et le plâtre volent en éclats tout autour de nous dans un brouhaha infernal. Le nuage de débris engendré me fait plisser les yeux à ne plus rien voir. Le temps semble ralentir, puis tout à coup, tout s'arrête. Mes oreilles sifflent d'un atroce acouphène, et seul le cliquetis frénétique de la gâchette de mon arme subsiste.

Quand la poussière se dissipe, j'aperçois le Molosse à terre, baignant dans une mare de sang saupoudré d'une fine couche de poudre blanche. Mon corps, comme possédé, se dirige vers lui. Je ne me sens plus aux commandes, comme si mon subconscient, ne me jugeant plus apte à gérer la situation, avait pris le dessus.

Je m'arrête à deux pas de lui et l'observe. Étendu sur le dos, il n'a plus rien de féroce. Une balle lui a perforé la trachée et il se noie dans son propre sang. Bien qu'incapable de prononcer le moindre mot, son regard en dit long. Je peux presque entendre ses pensées.

« Qui es-tu ? Pourquoi m'as-tu piégé ? Pourquoi m'as-tu tué ? ». Autant de questions auxquelles il n'obtiendra jamais de réponses.

Dans un ultime spasme musculaire, sa vie s'achève, le Molosse n'est plus.

Je l'ai tué, j'ai tué, je suis un…, je suis…

Un voile se baisse sur ma souffrance, physique et psychique, je deviens spectateur, inattentif, déconnecté, neutre. Un simple objet.

…

…

…

Un chuchotement… mon prénom. Une voix, sur ma gauche, de plus en plus insistante, je la connais. Coriace et tremblotante à la fois, c'est Nadine.

— Tout va bien ? Que t'est-il arrivé ? Réponds-moi enfin ! s'inquiète-t-elle.

J'émerge.

Où suis-je ? Cet endroit, je le reconnais, je suis devant la porte d'entrée de mon studio. Par quel sortilège suis-je rentré ? Depuis combien de minutes suis-je planté ici à ne rien faire ? Je ne saurais dire si une minute ou l'éternité toute entière vient de s'écouler. Je suis perdu dans l'espace et le temps, tout est flou, lieux et évènements s'entremêlent dans ma tête dans une cacophonie céphalique.

Des repères, il me faut des repères, oui !

— Quelle heure est-il ? dis-je sans maîtrise, sur un ton presque autoritaire.

Nadine me regarde, les yeux écarquillés. Devant son manque de réactivité, je me mets à chercher mon téléphone dans les poches de ma veste, mais celui que j'en sors n'est pas le mien. Une autre énigme à résoudre, peu importe, tant qu'il me donne l'information attendue.

Alors que je lis 14 h, Nadine, d'une main, me tire doucement la tête par le menton. En relevant les yeux, je vois les muscles et tendons de son visage s'organiser en une expression d'effroi.

— Oh mon dieu ! mais que t'est-il encore arrivé ? Un accident de moto ? s'écrit-elle.

J'acquiesce d'un simple hochement de tête. Sans un mot de plus, Nadine me fait alors entrer chez elle et m'allonge sur son sofa.

— Je t'avais prévenu, ces deux roues sont des engins de mort ! Bon, ne bouge pas un muscle, j'appelle les urgences ! me dicte-t-elle.

Elle saisit le combiné de son vieux téléphone à cadran, une véritable antiquité, puis compose le numéro à deux chiffres. Pour que Nadine réagisse ainsi, mon état doit être plus sévère que je ne l'imaginais. La dernière fois, elle s'était contentée de me raccommoder. Nadine n'est pas du genre à s'affoler au moindre bobo, elle a été infirmière trente années durant.

Alors que ma bienfaitrice entame une conversation téléphonique, j'essaie de recoller les morceaux. À force de volonté, quelques souvenirs me reviennent progressivement.

Oui ! Le Molosse, c'est à ce moment-là ! J'ai commencé à agir comme un de ces boxeurs continuant à se battre bien après avoir perdu connaissance. Je l'ai regardé trépasser, puis… Une sonnerie ! La sonnerie d'un portable. Ce n'était pas le mien, cela venait du Molosse ! J'ai alors fouillé son corps, sur lequel j'ai pu trouver le téléphone, mais également un portefeuille. Dedans, il y avait une photo de lui, accompagné d'une dame, la soixantaine, sans doute sa mère. Je me rappelle que sur la photo il souriait, il avait l'air d'une personne normale. Après tout, être un criminel n'a jamais empêché d'avoir une famille. Je me rends compte maintenant que je ne sais rien de lui, nous n'avons jamais eu une conversation décente.

Le poids de mes actes pèse subitement plus lourd. À nouveau, j'ai emprunté une voie sans retour, plus obscure encore que la précédente. J'ai tué de sang-froid un autre être humain, en mon âme et conscience, je suis devenu un meurtrier.

Des larmes se mettent à couler le long de mon visage, emportant avec elles une nouvelle parcelle de mon âme. Nadine raccroche le combiné, et vient s'asseoir à mes côtés.

— Tu souffres à ce point ?

J'essaie de lui répondre, mais les mots ne sortent pas. Je n'ai ni la force ni la volonté de lui mentir, alors je me tais, je reste silencieux. Nadine n'insiste pas, c'est un trait de caractère que j'apprécie chez elle. Elle ne force pas les gens à parler, elle fait partie de ces personnes admirables qui donnent sans rien attendre en retour et se satisfont d'un rien.

Bientôt, l'on vient frapper à la porte, Nadine ouvre. Deux urgentistes entrent, l'un écoute le récit de Nadine tandis que l'autre me fait passer un rapide test neurologique, après quoi je suis embarqué sur une civière.

— La démarche me paraît exagérée, leur dis-je.

Un des urgentistes me répond :

— Vous avez chuté violemment de votre moto, croyez-moi, rien n'est exagéré. Les éraflures et l'hématome sur votre visage indiquent que vous ne portiez pas de casque. Vous avez peut-être un traumatisme crânien, ce n'est pas une chose à prendre à la légère. Sans parler de votre oreille, il va falloir réparer ça.

Un traumatisme ? J'ai dû en subir plus d'un aujourd'hui. Sans doute tout autant sur le plan psychologique que sur le plan physique. Mais celui dont fait mention l'urgentiste résulte du coup de Bulldog. Cette brute m'a cassé deux dents alors qu'il était aveuglé, sans ça il m'aurait probablement tué.

Les heures suivantes, je suis conduit à l'hôpital, où l'on me fait passer toutes sortes d'examens : radios, IRM, et cetera. Le bilan : un léger traumatisme crânien à hauteur du lobe temporal droit, la mâchoire fêlée en plus de deux molaires perdues, de multiples hématomes sur le genou gauche et pour finir, l'hélix de mon oreille droite partiellement arrachée. Cette dernière blessure laisse le médecin perplexe, mais je me garde bien de lui expliquer son origine.

Une fois soigné, on m'annonce à mon grand dam que je resterai en observation la nuit et le jour suivant. Après quoi, je serai libre de rentrer chez moi, à condition bien sûr que l'examen de sortie l'autorise. Les prochains jours promettent d'être longs et ennuyeux. Ne voulant pas ressasser les récents évènements, je demande à Nadine de m'apporter mon ordinateur portable, je vais en avoir besoin.

Après tout ce temps passé à ne rien faire, une idée a fini par germer dans mon esprit : un plan qui permettrait de prolonger ma croisade. J'ai peut-être coupé une des têtes de l'hydre, mais je dois rapidement agir avant qu'elle ne repousse. Pour cela, j'ai besoin de plus d'informations sur ce gang et j'ai désormais en ma possession l'objet parfait pour en obtenir : le smartphone du Molosse. Par chance, il n'est pas verrouillé et la batterie affiche vingt-cinq pour cent. Avant qu'elle ne se vide totalement, je vais envoyer un cheval de Troie à toute la liste de contacts.

Pour ce faire, je vais employer la technique du « fishing ». Le principe est simple : on envoie un e-mail à une masse de destinataires. L'e-mail en question contient une pièce jointe, le plus souvent une image, à laquelle est subtilement intégré un cheval de Troie, c'est-à-dire petit programme ou virus. Si le destinataire a le malheur de cliquer sur la pièce jointe, alors son ordinateur, smartphone ou tout autre appareil muni d'un système d'exploitation vulnérable, deviendra un zombie. Dès lors, tant qu'il sera allumé, je pourrai y accéder à tout instant.

C'est ainsi que procèdent les hackers pour se constituer des hordes de zombies, ce qui leur permet à moindres frais de lancer de gigantesques attaques de type déni de service. Mais c'est une autre histoire, mon objectif ici se limite à obtenir des informations.

Malgré l'utilisation du réseau Wi-Fi de l'hôpital, dont la connexion Internet laisse franchement à désirer, une petite heure me suffit à accomplir la besogne. Demain, je remonterai les filets, je n'ai plus qu'à attendre.

Me trouvant un peu trop agité pour un accidenté de la route, l'infirmière de garde m'administre une dose supplémentaire de calmants. La fatigue me gagne peu à peu, je range mon ordinateur portable et ferme les yeux.

Alors, sous l'obscurité de mes paupières, je le vois, agonisant, son regard ne me quittera plus jamais.

IX — Le renard

C'est une belle nuit pour enterrer des macchabées en forêt, le ciel est dégagé et loin de la ville, la Voie lactée contraste l'obscurité de ses milliards d'étoiles.

Le sol est sec, il n'a pas plu depuis des jours, les premiers coups de pelle sont difficiles. Cela ne fait que six mois que j'ai intégré le gang des « Hoodsters » et me voilà déjà à creuser un trou entre deux résineux. Normalement, on ne confie pas ce genre de tâche aux nouveaux, mais il faut dire que ces derniers temps, c'est l'hécatombe. Quatre membres ont trouvé la mort et il semblerait que le manque de main-d'œuvre ait accéléré ma titularisation au sein du gang.

À mes côtés, « Moron », agite sa pelle avec peu d'entrain. Moron, c'est mon Parrain, la porte d'entrée qui m'a permis d'accéder au gang. Car on ne devient pas un Hoodster comme ça. Pour commencer, un membre actif du gang doit parler de vous au président. Ensuite, avec un peu de chance, ce dernier vous accordera un entretien et si votre tête lui revient, vous deviendrez une recrue. Dans le cas contraire, il n'est pas exclu que vous finissiez dans un trou comme celui que je suis en train de creuser.

Si tout se passe bien, vous êtes donc placé sous la responsabilité de votre Parrain pour une durée indéterminée. Une période d'essai en quelque sorte, au cours de laquelle tout le monde vous appellera « le bleu ». Un surnom dont vous ne vous débarrassez qu'une fois vos preuves faites. C'est là que le président vous affublera d'un surnom définitif lors d'un rite de passage. Un baptême, durant duquel vous ne serez pas immergé dans l'eau, mais dans l'alcool, la drogue et le sexe.

Mon surnom à moi c'est « Fox ». C'est un des hommes que j'enterre ce soir qui me l'a donné, celui qu'on appelait « Le Molosse », l'ancien président. Il m'avait nommé de la sorte jugeant que j'étais un gars malin. À vrai dire, face à la bande de dégénérés à gros bras qui l'entouraient, sortir du lot sur le plan intellectuel n'était pas bien difficile.

Moron, mon Parrain, n'échappe pas à la règle, un vrai demeuré. Un gangster de bas étage spécialisé dans la contrefaçon de Rolex. Cet imbécile trouve son surnom trop cool, que ça sonne bien. Ça ne lui viendrait pas à l'idée d'ouvrir un dictionnaire français-anglais pour voir ce que signifie son pseudonyme. Surnom qui lui sied à la perfection, le Molosse était sans conteste un bon juge de caractère.

Pour ma part, ayant grandi dans un quartier difficile, j'en ai croisé un paquet de gars comme ça. Des petites frappes qui n'ont connu que déchéance et violence. À quinze ans, ils ont déjà cramé la plupart de leurs neurones à la weed, au sky et à la vodka. Les types comme ça restent au bas de l'échelle toute leur vie, que ce soit dans un gang ou dans la société. Mais moi je ne suis pas comme eux, j'ai survécu à cet enfer.

D'ailleurs, je ne suis pas un gangster ! Non, je suis un haricot vert. Pas le légume, mais un « Haricot vert », « under cover » dans notre jargon mal francisé. C'est comme cela que l'on appelle les agents sous couverture. Je fais partie des très rares policiers en France, qui au terme de nombreux examens et stages rigoureux, ont été admis dans leurs prestigieux rangs. Parmi cette élite, seule une poignée d'agents ont un jour le privilège de devenir actifs, nous sommes la crème de la crème.

Bien sûr, infiltrer gangs et cartels n'est pas sans risque, mais c'est un sacré coup d'accélérateur pour la carrière d'un flic. Toute ma vie durant, j'ai pris des raccourcis. Déjà à l'école je sautais les classes. J'ai touché des bourses pour mes excellents résultats. Toujours en tête de classe, major de promo, même à l'école de police. J'ai travaillé sans relâche pour être le meilleur, partout, j'y suis constamment parvenu, enfin presque…

Par une fois, j'ai échoué. Une seule. Ce fut en mon rôle de grand frère. C'est la raison qui m'a incité à devenir flic, sans doute par pénitence.

Tout a commencé au bas de l'immeuble de mon enfance, dans un quartier défavorisé de Marseille. Plus précisément, dans l'aire de jeu, où sans que j'y prête attention, mon petit frère se faisait chaque jour un peu plus enjôler par les caïds du quartier.

Ma mère divorcée travaillait sans compter les heures et rentrait tard le soir. L'éducation de mon frère cadet plus jeune de trois années m'incombait donc. Une situation tristement banale en banlieue.

Déjà à l'époque, je cravachais dur dans ma chambre, ne me préoccupant pas de ce que mon frère faisait en bas. Ah ! S'il y a bien un domaine dans lequel je n'ai pas fini premier, c'est bien celui-là ! Tout mon savoir et mon intellect n'auront été d'aucun secours.

À huit ans déjà, mon frère était devenu guetteur. Un de ces jeunes qui surveillent les entrées et sorties dans le quartier, évitant ainsi aux dealers locaux de se faire prendre en flagrant délit par la BAC. C'est probablement choquant pour le citoyen moyen, mais pas pour un banlieusard. À vrai dire, pour les habitants du quartier, c'était une chose plutôt banale. Presque tous les enfants de la cité le faisaient un jour ou l'autre et je n'avais pas fait exception. C'était de l'argent facile dans un milieu défavorisé, une oasis dans le désert.

Me concernant, ça n'avait pas été plus loin que ça, mais pour mon frère ce fut une autre histoire. En grandissant, il a commencé à s'attirer toutes sortes de problèmes, d'abord par ses fréquentations et rapidement par ses propres agissements. À l'école, les convocations pour bagarres et absences non justifiées se multipliaient. Puis ce fut le tour des postes de police, où nous allions régulièrement le chercher. Du vol à l'étalage, à la rixe en public, en passant par les agressions et les outrages aux forces de l'ordre, les choses allèrent de mal en pis.

À seulement 15 ans, il n'était plus scolarisé et possédait un casier judiciaire long comme le bras. Nous n'avions plus aucun contrôle sur lui. En outre, il était déjà un membre actif du gang local et découchait la plupart du temps. Passant ainsi du statut de délinquant à celui de gangster, nous écartant toujours un peu de son sombre destin.

L'aboutissement de sa courte histoire n'intervient que quelques jours avant son 18e anniversaire. Là où, sur le pas de la porte de notre appartement, un gendarme nous annonce son décès : retrouvé assassiné d'une balle dans la tête, dans un squat à héroïnomanes miteux.

La destinée des hommes est parfois capricieuse. Moi qui l'ai si souvent sermonné, l'implorant de retourner sur le droit chemin, que me dirait-il s'il me voyait maintenant, à creuser le sol pour y enterrer des cadavres ? Sans aucun doute, il me raillerait sans vergogne ! Mais ne lui en déplaise, aucune de mes actions n'est répréhensible.

Bien au contraire, j'agis pour la patrie, pour le bien commun, risquant courageusement ma vie. Au moindre faux pas, je finirai dans un trou comme celui que je suis en train de creuser. Je suis un héros.

Une dernière pelletée de terre, et nous retournons au manoir. Sur place, nous aspergeons allègrement les lieux d'eau de Javel : un produit bon marché pour effacer toute trace d'ADN. Durant le nettoyage, je prélève discrètement quelques échantillons de sang à l'aide de cotons-tiges, que j'isole ensuite dans de petites pochettes plastiques. Moron sort fumer sa clope devant le manoir ce qui me laisse le champ libre. J'en profite pour ramasser la bombe lacrymogène que j'ai repérée quelques minutes plus tôt dans une des cheminées. Au moment de la saisir, j'aperçois juste à côté un petit lambeau de chair ou plutôt de cartilage. Ça ressemble fortement à un morceau d'oreille. Jack pot ! Je n'ai pas remarqué de telles blessures sur les corps que nous venons d'enterrer. Il appartiendrait donc au meurtrier. Oui « au meurtrier », car selon mes observations, tout porte à croire que ce sont les faits d'un unique individu. D'après les impacts de balles et les traces de sang, un schéma se précise dans mon esprit. Durant l'affrontement, le tueur se tenait dans l'une des grandes cheminées, d'où il a vraisemblablement tendu le guet-apens et à ses adversaires. Le Molosse aurait trouvé la mort sur ces lieux. Quant à Bulldog, il s'est certainement brisé la nuque en chutant de sa moto, ou quelque chose de similaire. Ça s'est sans doute passé lors d'une course-poursuite. Fuyait-il le meurtrier ? En tout cas avec cette bombe lacrymogène je sais maintenant pourquoi ses yeux étaient aussi rouges. Un motard chevronné comme Bulldog n'aurait jamais fait une telle erreur sans un petit coup de pouce.

Néanmoins, quelque chose me tracasse. Pourquoi s'obstiner à user d'une arme non létale sur Bulldog, et d'un autre côté plomber le Molosse de cartouches de 9 mm ? Ce n'est pas tout, en prenant en compte le nombre et l'emplacement des impacts de balles dans le salon, j'en déduis aisément que notre homme n'est pas un professionnel de la gâchette. C'est évident, car avec un tel avantage, il aurait dû faire mouche au premier tir. Il ne s'agit pas non plus d'un règlement de comptes entre gangs rivaux, ce n'est pas leur façon de procéder. Un gang aurait opéré en pleine rue, de manière brutale, sur le territoire adverse et non pas dans un secteur éloigné comme celui-ci. Particulièrement sur ce lieu de ramassage censé être gardé secret, ce qui soulève bien d'autres questions.

Alors, un amateur avide de vengeance ? Peut-être, mais rien ne le laisse à penser. L'auteur du meurtre n'a laissé aucun message et les corps n'ont pas été mutilés. Je n'ai relevé aucun signe d'animosité, non, ça ne tient pas debout. Durant ma carrière, j'ai couvert des dizaines de scènes de crime, mais aucune ne m'a rendu aussi perplexe. Au vu du chaos qui règne ici, les choses ne se sont pas déroulées comme prévu pour le tueur et je n'arrive pas à percevoir ses intentions. Néanmoins, j'ai peut-être une hypothèse.

Il y a quelques mois, Chico, un des dealers du gang, a été retrouvé assassiné devant son immeuble, le crâne sauvagement fracassé contre le sol. Quand le Molosse a appris la nouvelle, il a tout de suite dépêché deux de ses hommes afin de récupérer les éléments compromettants se trouvant dans l'appartement de Chico, ainsi qu'une quantité non négligeable d'héroïne. Mais à leur arrivée, ils ont constaté que les lieux avaient été fouillés. Très rapidement, l'auteur du pillage, à l'évidence le meurtrier, a contacté le Molosse sur un numéro que seuls les membres du gang connaissaient. Un marché fut conclu entre les deux hommes, la marchandise ainsi qu'une clé USB contenant des informations sensibles devaient être restituées contre une coquette somme d'argent. En réalité, le Molosse voulait surtout mettre la main sur l'inconnu et lui a donc tendu un piège. Mais, comme dans « Le rat et l'huître » de La Fontaine, « tel est pris qui croyait prendre » et l'affaire coûta au Molosse un petit séjour à l'ombre.

À l'époque, cela avait déclenché un véritable tollé dans le gang. Tous les membres furent mis à contribution pour retrouver le responsable, mais aucune piste ne permit de remonter jusqu'à ce dernier. Personnellement, j'avais pensé à un acte isolé et stupide en raison des risques encourus. D'autant plus que les gains, bien que conséquents, ne méritaient pas de mettre sa propre vie en jeu. Malgré tout, j'accordais à l'auteur des méfaits quelques points pour l'ingéniosité et la bonne exécution de son plan.

Tout de même, je n'avais pas compris le zèle dont avait fait preuve notre tueur. Aller jusqu'à envoyer le Molosse en prison ? Mais cela prend tout son sens aujourd'hui. Nos deux hommes ne feraient qu'un et la motivation ne serait pas l'argent, mais la peau du Molosse lui-même.

Reste à définir le mobile. Si c'est une vendetta, pour quoi se donner tant de mal ? Pour comprendre la démarche du tueur, j'ai besoin d'établir un profil psychologique. Malheureusement, les informations dont je dispose actuellement ne le permettent pas : un homme, probablement blanc, faisant entre 1m70 et 1m80. J'y ajouterais qu'il lui manque un morceau d'oreille. En l'envoyant au labo de la police scientifique, j'obtiendrai peut-être un nom. Enfin pour cela, il faudrait que son ADN soit fiché, ce dont je doute fortement. De toute façon, ce n'est pas une priorité. Ma cible réelle, c'est le fournisseur d'héroïne du gang des Hoodsters : le cartel de la corde, et puis je n'ai rien contre le fait de voir des criminels s'entre-tuer. C'est un cadeau qu'ils font au monde. Cela dit, j'aurais apprécié que notre homme nettoie lui-même la scène de son crime.

…

La basse besogne achevée, j'invite Moron qui traîne derrière, à se hâter de rejoindre la fourgonnette avec laquelle nous sommes venus et avec laquelle j'aimerais maintenant repartir. Il ne répond pas, et quand je me retourne, je le vois le nez planté sur son smartphone.

— Qu'est-ce que tu branles Moron ? Tu veux passer la nuit ici ?

Moron redresse la tête, et me contemple de son air le plus ahuri, chose qu'il fait très bien.

— Je viens de recevoir un e-mail du Molosse, dit-il.

— Mais tu me racontes quoi là ! On l'a enterré il n'y a pas une heure de ça.

— Mais si j'te jure ! Regarde !

Au même moment, mon portable se met à vibrer deux fois dans ma veste, signe distinctif de la réception d'un e-mail. Je m'empresse de le sortir pour le consulter. Sur son écran, je peux lire « C'est urgent, ouvrez la pièce jointe ! ». Je comprends immédiatement de quoi il est question. À l'école de police, nous avons reçu une formation sur les bonnes pratiques en matière de sécurité informatique. Ne jamais ouvrir la pièce jointe d'un e-mail suspect, et pour sûr, l'e-mail d'un mort l'est.

— As-tu bien fouillé le corps du Molosse comme je te l'ai demandé ?

— Oui pourquoi ? Réponds Moron.

— Il avait son portable sur lui ?

— Non, maintenant qu'tu m'y fais penser, c'est bizarre. Attends, tu veux dire que l'enfoiré qu'a dessoudé l'Molosse se sert de son portable ?

— Évidemment, tu crois que c'est son fantôme ? lui dis-je, exaspéré.

— C'est bon, t'énerve pas, Fox. J'te rappelle que j'suis ton Parrain.

— Je parie que tu as ouvert la pièce jointe !

— Oui et alors ? me répond-il sur la défensive.

Mon instinct me dicte de ne pas en dévoiler plus.

— Pour rien, fais-moi juste voir.

Moron s'approche comme un enfant en brandissant son portable. La photo en pièce jointe affiche en gros plan une main dressant un majeur. Ce doigt d'honneur m'aura au moins permis de confirmer que le meurtrier est blanc.

Toute la liste de contact du molosse a dû être arrosée. Qui sait combien de membres du gang ont déjà ouvert la pièce jointe ? Il est même probable que des figures du cartel se trouvent dans cette liste. Si jamais l'un d'eux se faisait piéger, à quel genre d'informations notre homme aurait-il accès ?

Tout cela prend une tournure intéressante, je dois absolument être le premier à mettre la main sur cet homme !

X — De l'ombre à la lumière

Ce soir, j'ai rendez-vous avec un ponte de la SIAT dans un grand restaurant parisien. La SIAT, Service Interministériel d'Assistance Technique, est l'organisme chargé de la formation des agents infiltrés, ainsi que de la gestion des opérations qui leur sont attribuées.

C'est la première fois que j'entre en contact physiquement avec ma hiérarchie, enfin, depuis le début de ma mission. Organiser ce genre de rencontre est bien sûr risqué, c'est pourquoi habituellement on l'évite, mais mon cas est particulier. Une mission d'infiltration excède rarement les quatre mois et dans deux semaines, cela en fera déjà sept.

Nous devons nous retrouver dans un restaurant chic du 16e, pour l'occasion j'ai déposé mon déguisement de gangster, boucle d'oreille, piercings, troquant ma veste en cuir noir, pour un smoking de la même couleur. La table est réservée au nom de Michel Rivière, un serveur me conduit jusqu'à celle-ci.

Les cliquetis des fourchettes et des couteaux contre les assiettes, les chuchotements... Tout ce raffinement tranche avec mon quotidien. L'endroit n'est pas choisi au hasard, mon rancard veut me rappeler à quel monde j'appartiens. Un court passage de l'ombre à la lumière, c'est un peu comme lorsque l'on croise brièvement un réverbère le long d'une route obscure. J'accepte ce présent et savoure la douce harmonie baignant les lieux, me relaxant succinctement, car déjà, mon rendez-vous s'assied devant moi. La cinquantaine, les cheveux grisonnants, le regard légèrement hautain et toujours paré d'un costard à quatre chiffres.

— Bonjour, Monsieur Kane ! cela faisait une éternité que nous nous étions rencontrés, dit-il en m'offrant une poignée de main.

Kane n'est pas un nom de code, je m'appelle Édouard Kane. Un vieux nom de baptême français associé à un nom de famille sénégalais, difficile de faire plus cliché.

Je suis né à Dakar et là-bas le prénom Édouard n'est pas passé de mode. Je n'ai presque aucun souvenir de cette vie, car j'ai quitté le pays avec ma mère peu après mes trois ans. Elle a voulu rejoindre mon père, un Français de passage avec lequel elle a vécu une courte idylle. Il lui avait promis de la faire venir en France après son départ, lui écrivant même fréquemment les premiers mois, puis au fil du temps les courriers s'espacèrent jusqu'à s'arrêter définitivement. Malgré cela, elle s'est battue, usant de tous les stratagèmes, exploitant les puissants rouages de la corruption administrative, dans l'unique but de rallier la patrie de la liberté, de l'égalité et de la fraternité. Seulement une fois sur place, elle ne l'a jamais retrouvé, l'adresse indiquée au dos des lettres était fausse. Par chance ou malchance, ma mère avait un oncle qui vivait seul en France, celui-ci l'a hébergée quelques années, abusant d'elle régulièrement. Cela j'en ai malheureusement quelques souvenirs et bien que mon frère ne l'ait jamais su, l'identité de son paternel n'a jamais fait le moindre doute pour moi. Toutefois, il devait bien soupçonner que nous n'étions pas issus du même père, au regard de mon teint de métisse et de mes traits à mi-chemin entre l'Africain et le caucasien. Bref, après être tombée enceinte, ma mère a quitté le foyer de mon oncle dès qu'elle l'a pu. Elle s'est battue pour nous, acceptant les travaux les plus ingrats, ceux dont personne d'autre ne voulait. Son parcours est jonché d'erreurs, mais je l'admire pour son courage, c'est certainement ce qui m'a motivé à me donner tant de mal jusqu'ici.

— Monsieur Kane ? relance Rivière, le bras tendu au-dessus de la table.

— Ah, bonjour monsieur ! Veuillez m'excuser, j'étais égaré dans mes pensées, lui dis-je, en serrant la main offerte.

— Ce n'est rien, comment allez-vous ? demande-t-il en joignant les mains sous le menton à la manière d'un psychiatre, ou plutôt d'un mauvais cliché de psychiatre.

La question d'apparence anodine cache une réalité lourde de sens dans le contexte actuel. La première inquiétude de la SIAT est qu'un agent perde ses repères, que sa fausse identité prenne le pas sur la vraie et qu'il retourne sa veste pour de bon.

— Très bien monsieur, je monte les échelons rapidement. Je fais plutôt un bon gangster, j'ai peut-être trouvé ma vocation.

Rivière lâche un petit rire sardonique avant de poursuivre notre conversation de vive voix :

— Très bien, je vois que vous n'avez pas perdu votre sens de l'humour.

Le voilà rassuré, on va peut-être pouvoir passer à autre chose. Je prends alors mon air le plus sérieux et demande :

— Dites-moi monsieur, les spécimens que j'ai envoyés au labo, ont-ils donné des résultats ?

À l'écoute de mes mots, mon supérieur affiche un rictus d'embarras, ce qui est mauvais signe.

— Malheureusement, nous n'avons trouvé aucune empreinte, notre tueur devait porter des gants. Quant aux tissus humains et au sang, la recherche ADN n'a rien donné. Notre homme n'est pas connu de nos services de police, du moins, il n'est pas dans le fichier.

— Dommage, même si je m'y attendais un peu, ça reste décevant, dis-je en me frottant le menton du creux de la main. Un tic qui se manifeste chez moi lors d'une contrariété.

Un serveur s'approche pour prendre la commande. Rivière jette son dévolu sur le menu du chef. Quant à moi, n'ayant pas pris le temps de consulter la carte et de toute façon n'étant pas familier avec le vocabulaire des grands restaurants, je décide de suivre Rivière. Pour cette fois-ci, ce sera la surprise. Une bouteille de Chablis est également commandée.

Rivière contemple la table un instant avant de relever lentement la tête, puis il me fixe droit dans les yeux.

— J'ai lu votre dernier rapport à de multiples reprises et je dois dire que votre théorie sur « L'Informaticien » comme vous le nommez, est plutôt séduisante. Cet individu, qui employant des méthodes peu orthodoxes, aurait donc mis à mal le gang des Hoodsters à lui seul.

— En effet, j'en ai l'intime conviction. Au regard de mes observations et des différents éléments à ma connaissance, ce sont les agissements d'un seul homme, j'en mettrais ma main à couper.

Mon interlocuteur hoche la tête. Je pense qu'il adhère à mes idées. Il reprend :

— Vous soumettez également l'hypothèse qu'à l'aide d'un cheval de Troie, il aurait infecté les téléphones de membres du gang, voire du cartel de la corde.

— Oui Monsieur, je dirais même que pour ce qui est du gang, c'est désormais une certitude.

— Comment cela ? rétorque-t-il, happé par sa curiosité.

— Eh bien, récemment, j'ai acheté deux ordinateurs portables afin d'ouvrir la fameuse pièce jointe. L'objectif étant ici de vérifier l'existence du Troyen, et cela sans prendre le risque de divulguer des informations personnelles.

— C'est astucieux, mais pourquoi deux ?

— J'y viens, Monsieur. Tout d'abord, sur le premier ordinateur, j'ai installé les systèmes de protection les plus réputés du marché parmi les antivirus, antispyware et pare-feu. Sans aucune surprise, ceux-ci m'ont aussitôt alerté sur la présence du virus quand j'ai tenté d'ouvrir la pièce jointe.

— Vous aviez vu juste ! déclare Rivière.

— Oui et d'ailleurs, mon hypothèse a depuis été confirmée. Deux membres du gang ont été avertis par l'antivirus de leur téléphone, ils avaient eu le bon sens d'en installer un.

— Si les antivirus ont réagi, cela veut dire que le cheval de Troie était déjà connu, s'exclame Rivière.

— Assurément. De toute évidence, L'Informaticien n'a pas utilisé un « Zero-day exploit », lui dis-je en esquissant un petit sourire narquois, sachant pertinemment que ce terme barbare n'a jamais atteint ses oreilles auparavant. À vrai dire, je n'en soupçonnais pas l'existence moi-même avant d'avoir effectué quelques recherches sur le sujet.

— Pourriez-vous arrêter de me tenir en haleine ? Que signifie cet anglicisme « Zero-day exploit » ? me dit-il légèrement agacé.

— Veuillez m'excuser Monsieur. C'est le terme employé pour définir une vulnérabilité informatique encore inexploitée. C'est-à-dire, pour laquelle aucune contre-mesure n'existe à l'heure actuelle. C'est une véritable arme de destruction massive au sens informatique. La connaissance d'une telle faille peut potentiellement rapporter des millions d'euros à son détenteur, si ce dernier sait à qui la vendre.

— Merci pour cet éclaircissement. Mais ce deuxième ordinateur, à quoi sert-il ?

Alors que je m'apprête à répondre, le sommelier m'interrompt. Il est immédiatement pardonné quand je vois ce qu'il porte : une bouteille de Chablis. Après l'avoir débouchée devant nous, il en verse délicatement un fond dans le verre de Rivière afin de lui faire goûter. Après l'approbation de ce dernier, nos verres sont abreuvés du vin délicieux.

La courte trêve passée, je reprends :

— C'est un appât, mon seul espoir d'obtenir l'identité de L'Informaticien.

— C'est-à-dire, vous l'avez piégé ?

— Pas tout à fait, disons plutôt que ce sont les graines qui mènent au piège. Je m'explique, j'ai délibérément ouvert la pièce jointe depuis cet ordinateur sans aucune protection, afin de m'assurer qu'il soit infecté. Mais avant cela, j'y ai créé un contenu factice, des fichiers référençant des stocks de drogue, des montants d'argent et des containers. Bien sûr, les lieux de dépôts y sont renseignés, ce sont d'ailleurs les seules informations véridiques du fichier. Les containers se situent dans une zone industrielle à Gennevilliers, au bord de la Seine. Ils appartenaient à une société de transport maritime qui a fait faillite, voici les adresses, lui dis-je en lui tendant un bout de papier.

— Je vois. Vous me demandez de placer ces containers sous

surveillance, devine-t-il.

— Exactement, 24 heures sur 24, 7 jours sur 7.

Il marque une courte pause de réflexion, puis me répond en hochant de la tête :

— Très bien, ça ne devrait pas poser de problème, mais j'espère que le jeu en vaudra la chandelle. Vous savez que la durée de votre mission excède déjà de plusieurs mois le cadre habituel. Certaines pressions pour y mettre fin se font ressentir.

— Vous voulez dire que…

— Oui, malheureusement, si nous n'obtenons pas rapidement des résultats, vous serez rappelé.

Typique de la hiérarchie, « ne vous mettez pas en danger, mais faites vite ! ». Ce n'est pas possible ! Pas maintenant, quand une piste valable se présente enfin ! Je me suis trop investi dans cette mission pour la voir avorter d'une telle manière.

— Monsieur, vous savez à quel point il est laborieux d'obtenir le moindre renseignement sur le cartel. Comme je vous l'ai dit plus tôt, je crois dur comme fer en ma théorie sur L'Informaticien. Cet homme détient probablement des informations critiques, c'est une chance qui ne se représentera peut-être plus jamais.

— Espérons-le mon ami, car il en va de l'avenir de cette mission.

Le serveur approche avec un plateau d'huîtres farcies qu'il dépose entre nos deux assiettes. Au moment où je m'apprête à me servir, mon téléphone portable, enfin, celui de mon autre identité, se met à vibrer dans la poche de mon pantalon.

— Excusez-moi, mais je viens de recevoir un message de mon

autre employeur, dis-je en saisissant mon portable.

Le contenu du texto ne m'est pas spécifiquement adressé. Tous les Hoodsters sont priés de se rassembler d'urgence peu avant minuit, dans le hangar numéro 13. Un lieu qui sert habituellement à réunir les membres en masse, sauf que, normalement, ces rares réunions sont planifiées plusieurs jours à l'avance.

Rivière, intrigué, me lance un regard interrogatif.

— Que se passe-t-il, vous avez l'air inquiet Kane ?

— Non, Monsieur, juste perplexe. Je viens d'être informé qu'un rassemblement extraordinaire va avoir lieu. Tous les membres du gang sont demandés, je dois partir de suite.

Mon supérieur fronce les sourcils.

— Je n'aime pas trop cela. Pensez-vous que votre couverture puisse être compromise ?

— Non, rassurez-vous, personne n'a le moindre soupçon à mon égard.

— Dans ce cas, allez-y, ce ne sera pas la première fois que je souperai seul, ni la dernière !

Je m'apprête à partir quand Rivière conclut :

— Kane, prenez garde à vous et trouvez-moi cet Informaticien !

— J'y compte bien Monsieur ! Au revoir.

— Au revoir agent Kane.

Sortant prestement du restaurant, je prends la direction de mon appartement pour me changer. Je vais devoir faire au plus vite. Ce rassemblement de dernières minutes n'a rien de banal. Quelque chose se trame. Quelque chose d'important !

XI — Le fantoche

En arrivant au hangar N13, je gare ma moto le long du bâtiment et coupe le contact, mettant fin au ronflement mécanique de mon engin. Je me dirige ensuite vers l'entrée piétonne tout regardant ma montre, elle affiche minuit moins le quart.

À l'intérieur, un essaim de hors-la-loi s'agite bruyamment. Un chaos organisé, ça parle fort pour s'imposer, ça tape du poing sur l'épaule pour saluer, tout cela au milieu d'une odeur de vestiaire trop chargée en testostérone. C'est la première fois que je vois autant de gangsters réunis. Bien que cela fasse déjà plusieurs mois que j'ai intégré le club, je n'en connais pas la moitié. En dehors des guetteurs et recrues, tout le monde doit être présent.

Au milieu de la foule, je discerne une figure familière. Grand et sec, le nez aquilin, c'est Moron. Sans perdre de temps, je m'approche de lui et le salut à la façon du gang : un coup de poing dans l'épaule aussitôt suivie d'un « forearm shake ». Autrement dit, une poignée de main formée au niveau de l'avant-bras, le truc le plus viril qu'ils aient trouvé.

— Tu sais ce qu'il se passe ici ?

Moron, hésitant, me répond :

— Aucune idée ! Tout ce que j'peux te dire, c'est qu'le boss est super nerveux. Regarde-le, je le vois faire les cent pas depuis que j'suis arrivé, me dit-il, pointant du doigt la balustrade accrochée à la paroi intérieure du hangar.

Là-haut, j'aperçois Hammer, le nouveau président et ancien bras droit du Molosse. Ce gars n'est pas un gangster de bas étage, il est bien connu des services de polices et a déjà effectué de longs séjours en prison. C'est une brute et un meurtrier comme tant d'autres ici, mais celui-ci est équipé d'un cerveau, ce qui le rend particulièrement dangereux. C'est le genre de sociopathe très confiant, qui a toujours un coup d'avance sur ses adversaires. Toutefois, son manège incessant d'allers-retours sur la balustrade indique qu'il n'en mène pas large. Je suis curieux de savoir ce qui met ce criminel endurci dans un état pareil. Ce type est quand même connu pour avoir tué à mains nues, son surnom lui vient d'ailleurs de là, l'homme qui cogne tel un marteau.

Tout à coup, il s'arrête, regarde l'heure à la pendule accrochée sur le mur derrière lui, puis s'éclaircit la voix. Le silence s'installe progressivement tandis que les membres se tournent vers lui.

— Bon ! À cette heure, vous devriez tous être arrivés ! dit-il haut et fort, faisant résonner sa parole dans tout le hangar.

— Vous devez sûrement tous vous demander la raison de votre présence ici ce soir.

Quelques assentiments et chuchotis se font entendre parmi l'assemblée. Hammer survole son gang du regard en hochant de la tête nerveusement.

— Très bien. La raison, c'est qu'aujourd'hui le cartel de la corde m'a contacté. Ils ont exigé une rencontre express ce soir, en insistant bien sur le fait que tous les membres réguliers devaient répondre à l'appel.

La nouvelle nous tombe dessus comme une douche froide. Pour

cause ! Jusqu'à présent, seul le président des Hoodsters avait le « privilège » d'entretenir les relations avec le cartel. Autrement dit, en dehors du défunt Molosse et de Hammer, quasiment personne ici ne les a côtoyés. L'assemblée accuse le choc, certains s'interrogent à voix haute, d'autres restent figés de stupeur. La tension est palpable, car tout le monde devine que la venue du cartel est un mauvais présage, enfin, pas pour moi. C'est l'opportunité que j'attendais depuis des mois, c'est presque inespéré.

Tandis que débats et controverses éclatent ici et là, Hammer réalise un aller-retour supplémentaire sur la balustrade, avant de s'arrêter de nouveau pour reprendre :

— Silence ! Oui, le cartel va arriver d'un instant à l'autre. Je n'en connais pas la raison, mais je compte sur vous tous pour leur montrer le respect qui leur est dû. N'oubliez pas que ce sont nos uniques fournisseurs.

Hammer est loin d'avoir calmé les tensions, au contraire, les échanges s'intensifient, se mêlant en une cacophonie à peine soutenable. À cinq pas de moi, « Fatboy », un Hoodster réputé pour son attrait particulier pour la malbouffe, prend la parole :

— Mais pour qui se prennent-ils ? Depuis quand ces types nous donnent des ordres ! Comment pouvez-vous laisser passer ça, patron ?

Hammer adresse un regard défiant à son interlocuteur, alors que nombreuses sont les approbations. Mais brutalement, les voix se muent en silence, laissant place au son distinctif produit par le moteur diesel de plusieurs fourgonnettes.

— Les voilà, faites bien attention à ce qui sort de vos grandes gueules ! Hurle Hammer.

Une poignée de secondes à peine s'écoule avant que la porte

piétonne ne s'ouvre, par laquelle un défilé d'hommes équipés d'armes automatiques pénètre dans le hangar. Dès le premier coup d'œil, je comprends qu'ils ne sont pas de la même trempe que nos gangsters. Ces hommes ont le regard froid du professionnel, le physique de l'athlète et l'allure anonyme du citoyen ordinaire. Habillés de chemises unies, pantalons et chaussures de ville sportives, ils n'arborent ni piercing ni tatouage apparent, tout au plus de petites cicatrices çà et là. Pris au milieu d'une foule, ils passeraient inaperçus, ce sont de vrais caméléons.

En comparaison, les membres des Hoodsters font pâle figure : une bande désordonnée de sweat à capuche, vestes en cuir et jogging, aux postures et tatouages plus outrageants les uns que les autres.

Le son des pas incessants et synchronisés des hommes entrant dans le hangar résonne, donnant à l'instant présent le cachet d'un rite militaire. Chaque nouvel arrivant vient s'installer au côté du précédent, constituant ainsi une ligne parfaite s'étalant face à l'assemblée des Hoodsters.

Enfin, le ballet s'achève sur l'apparition de deux individus transportant du matériel. L'un est chargé d'une table pliante tandis que l'autre tire une valise à roulettes de bonne taille. Tous deux s'arrêtent au centre et devant la ligne formée par leurs camarades. La table est ensuite dépliée pour accueillir le contenu de la valise : un écran, ainsi qu'une boite noire cubique d'environ trente centimètres de côté. Les objets sont disposés d'un bord à l'autre de la table. La valise quant à elle est laissée ouverte, je remarque que sa paroi intérieure est incrustée d'un imposant haut-parleur.

Les deux hommes s'étant acquittés de leurs tâches se placent en retrait, puis l'un d'eux fait signe de la main à Hammer de descendre. Ce dernier se mord la lèvre, mais s'exécute aussitôt.

Le calme ambiant est pesant. La meute de chiens du gang n'est plus qu'un troupeau d'agneaux pétrifiés face aux loups du cartel, dont seule la présence silencieuse suffit à insuffler la crainte.

L'individu à proximité de l'écran lève le bras régulièrement pour regarder l'heure à sa montre. Il répète ce geste durant d'interminables minutes. Quand enfin à minuit pile, il observe une ultime fois sa montre avant d'allumer le moniteur.

Se dévoile alors une scène des plus inattendues : une poupée de porcelaine à la longue chevelure dorée, coiffée d'une capeline feutrée et habillée d'une magnifique robe rose d'un style inspiré du 18e. Cette dernière est installée dans un fauteuil haussmannien constitué de cuir et d'acajou. Bien que l'arrière-plan soit trop sombre pour y discerner quelque élément que ce soit, le faible éclairage fluctuant et le son d'un crépitement font deviner la présence d'un feu de cheminée.

Tout autour de moi, c'est la stupéfaction générale, certains restent bouche bée comme Moron, d'autres se retiennent de pouffer de rire. Près de moi, « Fatboy » s'écrie :

— Mais c'est quoi ce bordel ? C'est une blague, c'est ça ?

Aussitôt, Hammer l'interrompt :

— Toi le gros porc, boucle-la ! Ou je vais te faire taire avec mes poings ! Le prochain qui l'ouvre, je m'occupe personnellement de son cas, lance-t-il la mâchoire crispée de colère.

Hammer se tourne vers les hommes du cartel et s'adresse à celui qui vient d'allumer le moniteur :

— Je ne comprends pas. Qu'est-ce que ça veut dire ? Où se trouve Muntagna ? Mais surtout, c'est quoi ça ? termine-t-il en pointant l'écran du doigt.

J'ai bien entendu, il a dit « Muntagna », c'est l'un des capitaines du cartel. Leur connexion avec le gang des Hoodsters est donc plus forte que nous ne l'avions imaginé à la SIAT. Celui qu'on surnomme Muntagna ou encore « La montagne corse » n'est pas moins que l'homme du cartel régnant sur la banlieue sud de Paris. Sa simple capture ferait de ma mission un succès.

À l'écran, les paupières de la poupée s'ouvrent, révélant de la sorte, deux petites perles blanches dotées d'iris bleu azuré et d'une dérangeante étincelle de vie. Puis, c'est au tour de la mâchoire de s'articuler, libérant presque par magie, la voix aigüe d'une enfant, ou plutôt, le timbre vocal d'un adulte cherchant à l'imiter.

— Bonsoir, Monsieur Hammer, Monsieur Marteau ! amorce-t-elle en laissant s'échapper un petit rire satirique.

Bien que depuis ma position je ne puisse voir que le dos de Hammer, je visualise dans mon esprit l'expression de colère que doit afficher son visage. Je suis d'ailleurs étonné de la retenue dont il fait preuve.

— Quoi ? C'est votre pantin qui me parle maintenant ! C'est le Molosse qui m'a donné ce surnom ! Vous insultez sa mémoire ?

— Allons bon, Monsieur Marteau. Loin de moi l'intention de vous offenser. Jusqu'à cet incident, nous avons toujours été satisfaits des relations que nous entretenions avec votre gang. Quant à Muntagna, il est bien présent ici ce soir, du moins en partie. Toutefois, sachez que c'est moi qui ai arrangé cette rencontre et que je serai désormais votre nouvel interlocuteur, oups, je voulais dire interlocutrice. Appelez-moi Chuck.

— Très bien… Chuck ! De quel incident vous parlez ? Le Molosse est mort et en tant que bras droit sa place me revient. Je peux comprendre que vous n'appréciez pas ce changement, mais c'est comme ça que notre gang fonctionne, argumente Hammer.

— Monsieur Marteau, je crois que vous vous méprenez. Je ne fais pas référence à votre couronnement, pour lequel je vous prie d'ailleurs d'accepter mes sincères félicitations. Non, je fais ici état du fâcheux évènement qui a découlé de la mort de votre leader.

— Vous parlez de l'e-mail envoyé depuis le téléphone portable du Molosse ?

— Précisément ! confirme Chuck.

Hammer inspire et expire fortement, ne cachant plus son exaspération.

— Nous avons détruit tous les téléphones et ordinateurs infectés.

La tête de Chuck se met alors à pivoter de droite à gauche, semble-t-il, pour signifier son désaccord.

— Pensez-vous vraiment que cela suffise à régler ce genre de problème ? Combien d'heures se sont écoulées avant que vous ne réagissiez ? Savez-vous le temps qu'il faut pour copier un fichier ? À l'heure qu'il est, votre pirate sait déjà tout de vous.

— Je suis pas stupide, j'ai pris les mesures nécessaires ! J'ai déplacé toute votre marchandise dans de nouveaux lieux de dépôts. Il n'y a rien à craindre, rétorque Hammer.

— Aucun risque ? Mon pauvre, décidément vous ne comprenez rien. Le mal est fait ! Tant que seul votre gang était impliqué dans cette affaire, cela ne posait pas de réel problème, mais ce n'est plus le cas.

— Où voulez-vous en venir ? demande Hammer, déconcerté.

— Voyez-vous, il se trouve qu'un des membres haut placés de notre cartel a commis une imprudence. En premier lieu, son smartphone s'est fait infecter par ce fameux cheval de Troie. Puis, il a eu l'idée insensée de connecter son appareil au port USB d'une machine reliée à notre réseau informatique. Mettant de la sorte sottement en péril notre organisation, et ce, dans le seul but de recharger une batterie.

— Donc si je comprends bien, l'erreur a été commise par l'un des vôtres. Dans ce cas, pourquoi nous rejeter la faute ? Argumente Hammer.

— Ce n'est pas aussi simple. Dans ce monde, tout évènement, complication regrettable dans notre cas, est la suite logique d'une succession d'actions. C'est le principe de l'action-réaction décrite par Newton. Autrement dit, le futur dépend de la qualité de nos actes présents.

Passionnant, toutefois je doute fort qu'un type comme Hammer s'intéresse aux lois de Newton. Chuck poursuit :

— L'être humain est incapable de prophétiser son avenir, mais il peut tirer des leçons du passé et éviter qu'un malheur ne se reproduise. Pour cela, il lui suffit de remonter la chaîne des responsabilités et d'identifier les maillons faibles.

— Que cherchez-vous à dire par là ? questionne Hammer.

— Je m'efforce de vous faire comprendre que suite à cet incident, nous avons souffert la perte d'un trésor inestimable, irremplaçable. Quand de telles déconvenues surviennent, nous appliquons le protocole.

— Le protocole ? Mais de quoi parlez-vous bordel ?

Chuck lève la main gauche. Aussitôt, un de ses sbires vient défaire le nœud à la surface de la boite noire, puis en soulève délicatement le couvercle. Petit à petit, la tête d'un homme au visage cyanosé se dévoile.

— Le protocole consiste à éliminer les maillons faibles.

La surprise provoquée par le macabre spectacle ainsi que les mots de Chuck déclenchent une réaction de panique. Plusieurs membres du gang sortent leur arme à feu. Une avalanche de cliquetis métalliques percute mes oreilles. Ils sont bien étrangers à ceux que j'entendais il y a encore peu au restaurant et sont également loin de m'apaiser. Les bruits de culasses et de chiens armés m'évoquent un probable bain de sang.

Me préparant au pire, j'extrais doucement le Beretta du holster dissimulé sous ma veste et le pointe en avant. Si je devais tirer maintenant, ma balle finirait certainement dans le dos d'un des Hoodsters se situant devant moi. Tassés et désordonnés, nous serions tous décimés en quelques secondes face à des salves d'armes automatiques.

Moron, se trouvant à mes côtés, est armé d'un vieux revolver mal entretenu. Moron a beau être un « Moron », il a bien conscience de la situation critique que nous vivons à l'instant. Son teint livide et les gouttes perlant de son front en sont pour preuve. Espérons qu'il n'appuie pas sur sa gâchette par erreur.

Face à la tête décapitée, Hammer recule de deux pas.

— Ça veut dire quoi ? C'est vous qui l'avez buté ? Pourquoi Muntagna ? Vocifère Hammer en levant la main en arrière, interdisant ainsi le moindre coup de feu.

Voici donc sa tête, c'est la première fois que je vois son visage, la police ne dispose pas de photo de lui, ce type était un vrai fantôme. Mais apparemment, Hammer, lui, l'a déjà rencontré. Maintenant que j'y prête attention, on peut encore apercevoir le fameux tatouage arboré par les capitaines du cartel : une corde glissée sous le menton et faisant le tour du cou, du moins ce qu'il en reste. C'est un symbole d'appartenance et de soumission au cartel. Il évoque également ce qui attend son détenteur en cas de trahison ou de grave échec. Cela expliquerait le teint violacé, la décapitation s'est faite post-mortem.

La marionnette observe son audience en pivotant légèrement sa tête. C'est alors que sans crier gare, elle est prise d'un fou rire quasi démoniaque. Après quelques longues secondes, le calme revient.

— Voyons, détendez-vous un peu ! Nous n'avons pas l'intention de tous vous occire, s'esclaffe Chuck. J'ai en tête de plus grands desseins pour votre gang, mais avant tout, il est impératif que vous assumiez votre part de responsabilité. Comme vous pouvez le constater, Muntagna a joué son rôle dans l'incident et a payé de sa vie. C'est pourquoi j'occupe désormais ses fonctions. À présent, c'est à votre tour de désigner et exécuter un coupable.

— Mais… mais… vous le savez déjà, le Molosse est mort, personne d'autre ici n'est responsable de ce qu'il s'est passé.

— Certes, le Molosse n'est plus, c'est pourquoi vous devez choisir un substitut qui aura la lourde obligation d'expier la faute.

Hammer balbutie quelques mots à peine compréhensibles, mais se fait immédiatement couper.

— Cela suffit, rengainez vos armes, ou vous en paierez tous le prix ! Vous et vos familles ! désignez un de vos hommes et exécutez-le ! Ordonne la voix.

Hammer baisse son pistolet et se tourne vers nous. Je peux lire la terreur sur son visage. Un film se déroule dans sa tête, celui du massacre de ses proches.

Les membres du gang évitent son regard létal. Hammer scrute la foule et s'arrête sur moi. Merde ! Je l'ai toujours senti, cet enfoiré n'a jamais pu me saquer. Les gars autour de moi s'écartent, soulagés de ne pas être l'élu, ils m'observent comme si j'étais déjà mort.

Moron est médusé et moi je suis foutu. Je vais crever dans cet endroit sordide, de la même façon que mon frère. On ne retrouvera jamais mon corps. Ma mère ne saura jamais la vérité. Un frisson me parcourt le dos, c'est la fin pour moi.

— Non pas lui ! Regardez-moi ce joli minois, ce serait une tragédie. Choisissez quelqu'un d'autre, quelqu'un de laid, lance la petite voix salvatrice.

Je prends une grande et longue inspiration. Je viens d'être sauvé par mon physique. Dès l'adolescence, ma mère m'a reproché de passer trop de temps dans la salle de bain, d'accorder trop d'importance à mon apparence, à mon corps, si elle savait !

Ce salaud d'Hammer cherche déjà une autre cible et désigne bientôt Fatboy qui s'était fait remarquer plus tôt. Le pauvre bougre ne comprend pas ce qui lui arrive, il regarde autour de lui quémandant le soutien de ses camarades. Mais personne ne se manifeste, de peur de devoir prendre sa place.

Hammer lève son arme, mais une nouvelle fois la marionnette parle.

— Non, pas de cette façon ! Ayez un peu le sens du spectacle, montez-le sur la balustrade ! Pendez-le haut et court !

Hammer se retourne vers l'écran en s'essuyant le front, transpirant du malaise qu'il vit à présent. Son charisme de leader a foutu le camp, devant le cartel, il n'est plus qu'un petit garçon apeuré.

C'est alors que j'assiste au destin auquel je viens d'échapper : les hurlements désespérés d'un homme qu'on traîne à la potence, se débâtant jusqu'au dernier instant en suppliant pour sa vie. Puis, le craquement infâme d'un cou qui se rompt, le visage de la mort se balançant au bout d'une corde, un souvenir, une mémoire, qui resteront à tout jamais gravés dans mon esprit.

Chucky ou Chuck, comme on l'appellera désormais, prononce un discours final devant une assemblée à demi abasourdie :

— Oyez, oyez, braves canailles ! Les plus perspicaces d'entre vous l'entrevoient ! Les plus sots, j'en suis certain, le pressentent ! C'est le temps pour nos deux partis d'établir les bases saines d'une relation durable ! Pour cela, il est primordial que vous saisissiez la nature de ce qui va suivre. Comprenez bien que l'infime sacrifice que vous venez de verser ne compense en rien la perte subie par le cartel. La somme de vos vies cumulées ne suffirait à équilibrer la balance. Bien sûr, il va de soi que vous n'êtes plus des hommes libres. Vous êtes d'ores et déjà la propriété du cartel, vous êtes nos choses, nos salopes, si je puis me permettre d'user de votre langage.

Malgré cette ultime humiliation, même les plus belliqueux des Hoodsters restent muets. Tels des auditeurs dépités, ils écoutent l'infâme discours de leur nouveau maître autoproclamé.

— J'aimerais ajouter que ceux qui essaieraient de fuir et qui réussiraient dans leur hasardeuse entreprise verraient alors le châtiment s'abattre sur leurs proches. Mais également leurs amis, leurs animaux de compagnie, jusqu'aux gens qui auront un jour croisé leur chemin. Évidemment, il en va de même pour le suicide. Que cela soit tout aussi tangible dans votre esprit que le sont l'aube et le crépuscule, la terre et la mer. Sur cette conclusion, je vous tire ma révérence en vous saluant bien bas.

La transmission se termine sur cette dernière phrase, nous abandonnant dans une catatonie collective. Les hommes du cartel laisseront un des leurs derrière eux, un administrateur répondant au nom de Göran. Concernant Hammer, il continuera de présider le gang, mais ses ordres pourront désormais être contestés par notre nouvel hôte.

Quant à moi et Moron, cette nuit encore nous irons nous promener en forêt avec nos pelles.

XII — Une dernière fois

Nom prénom : Marie Blanche.
Domicile : Région Parisienne.
Statut : Célibataire.
Enfants : Aucun.
Profession : Rédactrice documentaliste technique.
Âge : Trente ans.
Cheveux : Châtains clairs, longs.
Yeux : Vairons.
Silhouette : Fine.
Taille : 1m63.
Poids : 55 kg.
Fumeuse : Non.
Caractère : Calme.
Sport : Aucun.
Centres d'intérêt : Lecture, cinéma, couture.

Ah ! Ça ne va pas ! Avec un profil pareil, pas étonnant que je sois encore célibataire à mon âge. Vu que ce soir je n'ai rien de prévu, je vais en profiter pour reprendre mon profil MeetHim de A à Z.

C'est fou quand j'y pense, me connecter à un site de rencontre depuis le boulot, c'est une chose que je n'aurai jamais osée il y a quelques semaines. Pourtant, avec le nombre d'heures supplémentaires non payées que je fais chaque mois, je ne devrais pas en rougir.

Enfin, je ne me plains pas, au contraire. Depuis les excuses publiques de Louis, ma vie a changé. Je ne parle même pas du congé exceptionnel qu'il m'a accordé, ni de l'énorme promotion dont j'ai bénéficié, ou encore du changement d'attitude soudain des collègues à mon égard. C'est bien plus que tout ça, je le sens, je me métamorphose. Un regain de confiance ? Sûrement, mais pas seulement ! C'est quelque chose de plus intime, fondamental. Une subtile transformation qui par effet domino, a engagé un lent et long processus d'évolution au plus profond de mon être. Le voile de brume qui m'occultait l'horizon se dissipe enfin.

Tout ce temps, j'ai subi isolement et humiliations sans protester. Oui, j'ai subi ! Mais j'ai surtout accepté ! Dès le départ, j'ai baissé les bras. J'aurais sans doute pu me battre pour l'empêcher, ou tout au moins demander de l'aide, je n'ai même pas choisi la fuite. Au lieu de cela, je me suis complu dans ma détresse, je suis devenue une victime au sens le plus péjoratif du terme.

Mais tout cela est révolu. Quelqu'un m'a tiré de cet enfer et dorénavant, je continuerai à avancer un pas après l'autre vers cet horizon. Quels que soient les obstacles qui me feront face, qu'importe le nombre d'échecs, je trouverai la force de les surmonter tous. Quand bien même il me faudrait changer de forme, je m'arracherai à autant de chrysalides que nécessaire.

Désormais, je souhaite confirmer l'identité de mon bienfaiteur, je suis presque certaine que c'est lui. D'ailleurs, j'espérais qu'en reprenant le travail aujourd'hui je le verrais, mais apparemment il est en congés pour deux semaines. Dommage, j'ai tant de questions à lui poser et je n'ai pas envie d'attendre tout ce temps. Malheureusement, je ne sais pas où il habite et j'aimerais éviter d'avoir à le demander à Louis, cela pourrait éveiller les soupçons.

Une pensée me vient à l'esprit, je pourrais tout simplement obtenir l'information en fouillant dans le bureau de Laurence, notre ancienne RH. Mon cœur palpite rien qu'à l'idée de le faire. Que se passerait-il si j'étais prise en flagrant délit ? Arrête donc de réfléchir ! Inutile de peser le pour et le contre, suis ton instinct !

C'est ainsi que durant la pause café je m'introduis discrètement dans le bureau. Sans perdre de temps, j'entame une procédure de fouille en règle qui porte rapidement ses fruits, en effet, je tombe directement sur le dossier des employés et y trouve l'information voulue. Après avoir mémorisé cette dernière, je replace le dossier et m'éclipse aussi vite que je suis venue. Au moment même où je me rassieds à mon poste, Louis entre dans l'open space pour rejoindre son bureau. Ça s'est joué à un cheveu !

Waouh ! Quelle poussée d'adrénaline ! Je prends quelques secondes pour me remettre de mes émotions, puis avant de l'oublier, je note l'adresse sur un post-it que je range dans mon sac à main. Finalement, mon compte MeetHim attendra un peu, j'ai un nouveau projet pour ce soir.

Le reste de la journée se déroule normalement et en quittant le travail, je décide de me rendre directement chez lui. En arrivant, je ne suis pas rassurée, le quartier est malfamé. Les regards insistants de certains hommes, les remarques désobligeantes ou carrément insultantes. En somme, le quotidien d'une femme en France, sauf qu'ici ces comportements sont exacerbés.

Me voilà enfin devant l'interphone de son immeuble, je cherche son nom et appui sur le bouton d'appel, mais malgré une vingtaine de secondes d'attente, personne ne répond. Je réitère alors l'opération une deuxième fois, puis une troisième, en vain. Je regarde l'heure, il commence à se faire tard. Mieux vaut ne pas s'éterniser ici, tant pis, je tenterai à nouveau demain.

...

Malheureusement, le lendemain soir c'est la même chose : aucune réponse à l'interphone. Peut-être est-il parti en voyage. Je m'apprête à renoncer, quand une résidente arrive derrière moi pour ouvrir la porte à l'aide de son badge. Je profite de l'occasion et passe incognito après elle. Malgré ma discrétion, elle me remarque et me jette un regard suspicieux, auquel je réagis par un grand sourire gêné.

Une fois dans le hall, je repère l'étage à l'aide des boites aux lettres et m'y rends sans perdre de temps. Enfin devant son appartement, je lève le bras et frappe trois coups secs du poing. La porte va-t-elle s'ouvrir ? Dans ce cas, que vais-je dire, comment justifier cette intrusion ? Est-ce vraiment lui mon bienfaiteur ?

Non ! Stop ! Je ne dois pas céder au doute, je vais lui demander clairement, quelle que soit sa réponse, je veux l'entendre. Cette satanée porte qui ne s'ouvre pas ! Bon ! Ça ne sert à rien, de toute évidence il n'est pas chez lui, je tenterai un autre jour. Je commence à rebrousser chemin, mais me ravise aussitôt. Je dois savoir ! Décidée, je me dresse devant cette maudite porte qui me sépare de la vérité et frappe du poing encore et encore. Rien ne se passe, mais j'insiste !

— Êtes-vous là ? C'est Marie, Marie Blanche !

Tout à coup, une porte s'ouvre, mais pas celle que j'attendais. À ma gauche, une vieille dame sort de son appartement.

— Mademoiselle, arrêtez donc de martyriser cette pauvre porte. Vous voyez bien qu'il est absent, lance la vieille dame d'une voix douce et posée.

Je me sens rougir de honte.

— Veuillez m'excuser Madame, je n'avais pas l'intention de vous importuner, lui dis-je en courbant légèrement la tête.

— Allons bon, ce n'est rien, j'ai eu votre âge. En revanche, je suis étonnée qu'il n'ait jamais mentionné une petite amie.

Les joues m'en chauffent tellement je suis embarrassée.

— Non, Madame ! Vous vous méprenez, nous ne sommes pas… je veux dire… nous sommes collègues de travail et je venais prendre des nouvelles. Je suis déjà passée hier, mais je crois bien qu'il est parti en vacances.

— Vous me semblez bien impatiente, pour une simple collègue ! Vous n'êtes donc pas au courant ? me demande-t-elle, interloquée.

— Au courant de quoi ? lui demandé-je.

— Le pauvre garçon a fait une chute à moto !

— Oh mon dieu, un accident ! Comment va-t-il ?

— Ne vous en faites pas, il va bien, il s'est bien amoché, mais sa vie n'est pas en danger. Imaginez-vous donc ! Le pauvre a eu la force de rejoindre son appartement devant lequel je l'ai trouvé à demi conscient. J'ai tout de suite appelé les secours qui l'ont pris en charge.

— Que s'est-il fait exactement ? Ce n'est pas trop grave ? dis-je, inquiète.

— Je crois qu'il a un léger traumatisme crânien et d'autres blessures sans grandes gravités. Il aurait dû sortir aujourd'hui, seulement, les médecins ont préféré le garder en observation deux jours supplémentaires, par précaution.

— Dieu merci, à quel hôpital a-t-il été admis ?

— Au Centre Hospitalier Sud Francilien, à Corbeil-Essonnes, mais à cette heure-ci les visites sont closes. Vous devrez attendre demain jeune fille, dit-elle, avec un petit sourire au coin de la bouche.

— Vous avez raison, il est déjà tard. Madame, je vous remercie infiniment pour ces renseignements.

— Ce n'est rien, passez-lui le bonjour de ma part quand vous le verrez, je m'appelle Nadine.

— Je n'y manquerai pas Madame, au revoir.

Je la quitte en la saluant de la main, drôle de petite dame.

Samedi, le lendemain, je décide de me rendre au centre hospitalier en milieu de matinée. Mais avant cela, j'effectue un détour chez un chocolatier renommé et sélectionne un assortiment de chocolats au lait.

Je l'ai souvent vu déguster des chocolats au travail et j'ai souvenir qu'il laissait toujours les noirs de côté pour nous les proposer ensuite. J'en déduis qu'il ne les aime pas, j'espère que mon présent lui plaira.

En arrivant à l'hôpital, je donne son nom à l'accueil pour qu'on m'indique l'étage et le numéro de sa chambre. Une fois devant, je prends une grande respiration et frappe. J'entends alors sa voix étouffée par l'épaisseur de la porte. Celle-ci m'invite à entrer, ce que je m'empresse de faire.

Le voilà enfin, assis sur son lit, pianotant sur un ordinateur portable. La partie droite de son visage est couverte d'un énorme pansement, dont dépasse un hématome jaune-bleuâtre.

— Mon Dieu ! dis-je, choquée de le voir ainsi.

En m'entendant, son regard se tourne vers moi, il paraît aussi surpris que moi.

— Marie ? Mais… comment as-tu su ?

— J'ai… j'ai rencontré ta voisine de palier hier, en voulant te rendre visite, elle m'a parlé de l'accident et… ah oui, elle te salue !

Un silence embarrassant s'installe. Confuse, je cherche désespérément quoi dire, mais c'est le blanc total dans ma tête, heureusement il prend l'initiative :

— Merci d'être venue, désolé pour le spectacle, je ne suis pas beau à voir.

— Comment vas-tu, c'est douloureux ? lui dis-je.

— Oh non, avec tous les cachets qu'ils me font avaler, je ne sens rien et puis je commence déjà à aller mieux. À vrai dire, j'aurais dû rentrer hier, mais ce satané médecin préfère me garder deux jours de plus. Trop de lits sont vides si tu veux mon avis.

— C'est peut-être mieux ainsi, tu ne crois pas ? Tu as tout de même fait une chute à moto, tu aurais pu te tuer. Comment est-ce arrivé ?

— Oh, une simple balade en forêt qui a mal tourné. J'ai perdu le contrôle de ma moto en prenant une mauvaise bosse et puis voilà, dit-il en évitant mon regard, peut-être honteux.

— Quand même, tu ne t'es pas raté ! insisté-je.

— Oui, on dirait que j'ai manqué de prudence sur ce coup-là, confirme-t-il en lâchant un petit rire timide.

— Tu m'apportes quelque chose ? demande-t-il, en voyant le sac en plastique que je tiens.

— Ah ça ? C'est un modeste présent pour t'encourager dans ton rétablissement, dis-je en lui tendant la boite.

— Oh Super ! Merci beaucoup, j'adore les chocolats.

Il pose son ordinateur sur une tablette fixée au bord de son lit, puis s'empresse d'ouvrir la boite pour se servir.

— Merci, ici tout ce qu'on mange est fade ! Tu en veux un ? me demande-t-il, la bouche pleine.

J'en prendrais bien un, mais je tiens trop à ma ligne.

— Non merci, c'est gentil, garde-les pour toi.

Une question me taraude l'esprit, mais je n'ose la lui poser. Je rassemble alors mon courage et me lance.

— Dis-moi, ton accident, ça a à voir avec ce qu'il s'est passé à l'agence ?

Il me regarde hagard une seconde, puis pouffe de rire.

— Aie, ne me fais pas rire comme ça. Bien sûr que non ! Ça n'a rien à voir ! assure-t-il.

— Alors, tu admets que tu y es pour quelque chose ?

— De quoi parles-tu ? lâche-t-il, tentant vainement de feindre l'ignorance.

— Tu sais bien, ce qu'il s'est passé avec Louis, ses excuses soudaines.

Il baisse la tête pour esquiver de nouveau mon regard et me dit :

— Oui, j'y suis peut-être pour quelque chose, mais je ne peux pas t'en dire plus. Je ne souhaite pas t'impliquer dans cette histoire et cela vaut mieux pour nous deux. Promets-moi que tu n'en parleras à personne !

— Quoi ? Mais… tu ne peux pas me demander ça, c'est injuste, je me sens minable. Tu m'as sortie de ce cycle infernal comme ça, sans explications. J'ai tant d'interrogations : pourquoi moi ? Pourquoi maintenant ? Pourquoi prendre tous ces risques pour une simple collègue de travail ?

Le regard toujours baissé, il tourne sa tête vers moi.

— Je suis désolé, mais je ne peux pas répondre à tes questions. Tout ce que je peux te dire, c'est que j'ai fait ce qui me semblait juste, rien de plus. Mon seul regret, c'est de ne pas avoir agi plus tôt.

— Je comprends, je n'ai d'autre choix que d'accepter ton silence. C'est entendu, mais laisse-moi au moins te rendre service. Tu sors demain, c'est bien ça ?

— Oui, mais ça ira, ne te bile pas pour moi ! En plus, c'est le bazar chez moi, je n'ai pas envie que tu voies ça.

Il fuit à nouveau…

— Justement, dans ton état tu auras besoin qu'on t'aide à y mettre de l'ordre !

— Non je t'assure, ce n'est pas la peine et puis Nadine m'a déjà proposée son aide.

Il me cache quelque chose, j'en suis convaincue, il cherche à se débarrasser de moi.

— D'accord, je n'insiste pas… pour le moment. Mais tu ne te déferas pas de moi comme ça, je me sens redevable, lui dis-je.

Il lève les yeux vers moi en souriant et me dit :

— Dans ce cas, quand j'aurai remis un peu d'ordre chez moi, je t'appellerai et on se fera une bouffe !

— Oui, c'est une bonne idée, je compte sur toi !

Par la suite, notre conversation tombe dans les banalités, je reste encore quelques minutes avant de m'en aller à demi satisfaite. J'espérais en apprendre plus de cette rencontre. Dommage, mais d'autres occasions se présenteront, en commençant par cette « bouffe » qu'il m'a promise.

J'étais alors loin de m'imaginer de ce qui allait suivre…

XIII — La fille aux mille questions

Deux jours se sont écoulés depuis notre rencontre à l'hôpital, il doit être rentré chez lui à présent. Va-t-il vraiment m'appeler ? En tout cas, il s'y est engagé ! Ah, je jure que s'il ne tient pas sa promesse j'irai le voir et lui tirerai les vers du nez ! Toutefois, si je parviens à faire céder cette tête de mule. Plus facile à dire qu'à faire ! Sous la torture peut-être ? Mais qu'est-ce que je raconte ? Le mieux reste de patienter, avec le temps sa langue se déliera d'elle-même.

Bon, au boulot ! Ce n'est pas tout, mais je dois remettre ce satané document à Louis pour vendredi. Cinq jours pour écrire le manuel utilisateur d'un produit dont je ne sais pour ainsi dire rien, ce n'est pas gagné.

Je m'apprête à taper l'introduction de mon document, quand j'entends la sonnerie de la porte d'entrée. Quelques instants après, un homme de couleur métissé pénètre brutalement dans l'open space. Ce dernier est vêtu d'une veste en cuir et d'un jean bleu. Il porte toutes sortes d'accessoires plus extravagants les uns que les autres : chevalière, boucle d'oreille, piercings, chaîne et montre en or, lui conférant l'apparence d'un malfrat. Pourtant, contre toute attente, les mots qui sortent de sa bouche sont ceux d'un jeune homme bien éduqué :

— Je réclame votre attention à tous, déclare-t-il, visiblement à bout de souffle.

Tous les collègues présents portent leur regard vers l'inconnu. Louis sort de son bureau au même moment et assiste à la scène.

— Écoutez-moi bien ! Vous devez tous quitter ces lieux le plus rapidement possible ! reprend-il.

En entendant ces paroles, Louis s'interpose aussitôt.

— Mais vous êtes qui d'abord ? Qui vous a permis d'entrer dans nos locaux. Sortez de là immédiatement ou j'appelle la police !

L'intrus se passe nerveusement la main sur son visage trempé de sueur.

— Monsieur, je suis justement un agent et je vous en conjure, dites à vos employés de quitter les lieux au plus vite ! Des hommes armés vont arriver ici d'une minute à l'autre, je ne peux pas garantir votre sécurité.

— Très bien, dans ce cas si vous faites bien partie de la police, prouvez-le ! Vous deviez bien avoir un badge ou un insigne, rétorque Louis.

— Non, pas sur moi, je suis sous couverture.

Louis secoue la tête en signe de désapprobation.

— Bon, ça suffit ! Vous avez gagné, j'appelle la police, lance-t-il sur un ton des plus autoritaires.

— Ne vous donnez pas cette peine, je m'en vais, mais je vous le répète une dernière fois. Si vous tenez un tant soit peu à vos vies, partez maintenant ! assure l'étranger avant de rebrousser chemin.

Bien que l'intrus ait déjà quitté les lieux, Louis saisit son téléphone et appelle la police. Est-ce un canular ? Malgré la situation, personne ne réagit. Pourtant s'il y avait la moindre chance que cet homme n'ait pas menti, cela voudrait dire que nos vies sont en jeu. Devons-nous remettre notre destinée au simple jugement de Louis ? Tel un troupeau suivant son berger ! Non, je dois écouter mon instinct et celui-ci me dit de prendre mes jambes à mon cou. J'ai déjà assez perdu de temps comme ça. Je me lève de mon bureau et pars droit vers la sortie.

— Marie ? Mais que faites-vous ? s'étonne Louis, encore au téléphone.

— Je sors ! lui dis-je laconiquement, sans même me retourner.

Il reste littéralement bouche bée ainsi que mes collègues. Ma décision est prise, je suis seule maîtresse de mon destin, et que diable si je passe pour une folle !

En arrivant devant la porte de l'ascenseur, je vois que celui-ci est occupé, il monte. Sans attendre, je choisis d'emprunter l'escalier, peut-être par intuition ou paranoïa.

Quoi qu'il en soit, je m'engage dans la cage d'escalier et commence à descendre les nombreux étages, quand soudainement, j'entends des cris provenant d'en haut. Ce sont des hurlements de terreur, puis plusieurs bruits étranges s'y mêlent : une succession de cliquetis métalliques légèrement étouffés. Je m'arrête, restant figée comme un animal apeuré, puis au bout de quelques dizaines de secondes, le calme revient, laissant place à un silence de mort. Mon corps tétanisé refuse de bouger, tandis que mon esprit affolé m'ordonne de prendre la fuite. Que faire ? Louis a appelé la police, elle devrait être là d'ici quelques minutes.

Je prends de profondes inspirations afin de récupérer un tant soit peu le contrôle de moi-même, puis retire mes escarpins. J'ai beau y tenir comme à la prunelle de mes yeux, ces derniers me freinent et font résonner chacun de mes pas dans la cage d'escalier. Malgré mes efforts, je sens la panique remonter progressivement en moi et je la laisse s'exprimer en dévalant les marches comme une aliénée.

En m'approchant peu à peu du rez-de-chaussée, j'entends encore ces cliquetis étranges, ils sont accompagnés de coups de feu et proviennent de l'extérieur. Je m'arrête à une fenêtre de la cage d'escalier pour observer ce qu'il se passe dehors. Ce que j'aperçois en bas me glace le sang.

Au milieu de la rue, je vois deux hommes en costumes, ils sont tous deux harnachés d'une bandoulière soutenant ce qui me paraît être une sorte de mitraillette. Les deux individus délivrent un feu nourri sur un véhicule de police arrêté plus loin en travers de la route. Je reconnais le son de cliquetis de leurs armes, je l'ai entendu un peu plus tôt en haut. C'est donc ça le vrai bruit d'une arme silencieuse !

Étendu derrière le véhicule transformé en véritable passoire, un policier baigne dans une mare de sang, tandis qu'un autre essuie les tirs en s'abritant d'une des portières ouvertes. Se faisant canarder par les deux hommes, le policier s'efforce courageusement de contre-attaquer avec son pistolet. Malheureusement, même pour un regard non averti comme le mien, il paraît évident que son combat est perdu d'avance.

Je suis subjuguée par la scène. Est-ce une caméra cachée ? Cette vision est-elle réelle ? Vais-je sursauter de ce cauchemar, me réveiller soulagée au milieu de mon lit ? Non, les rêves ne sont pas aussi palpables que ce que je vis à l'instant. Je pensais que ce genre de chose n'arrivait qu'à la télé ou aux autres. Pourquoi moi ? Pourquoi maintenant ? Alors que tout était en train de changer.

Tout à coup, des bruits de pas provenant d'en haut me font bondir. C'est un rappel à l'ordre, les réponses viendront plus tard, la priorité est de fuir, survivre. Mon Dieu, mes escarpins ! J'aurais dû les dissimuler ! Quand ils les verront, ils sauront que quelqu'un s'est enfui !

Prise entre deux lances, je réagis comme une personne sautant d'un immeuble en flamme, je choisis d'échapper au péril immédiat, c'est-à-dire à mes poursuivants. Je continue ainsi ma course effrénée vers le rez-de-chaussée. Au fur et à mesure que je descends, le vacarme s'intensifie, me rappelant à chaque nouvelle marche franchie, l'enfer m'attendant en bas.

Arrivant enfin au rez-de-chaussée, je me prépare avec angoisse à sortir, telle une condamnée avançant dans le couloir de la mort. Le combat fait rage de l'autre côté, mais j'entends mes poursuivants qui approchent. Je pousse la porte de sortie. Un rayon de soleil vient m'éblouir un bref instant, ne me révélant que progressivement la situation. Je figure au dos des assaillants. L'un d'eux gît à terre, très certainement abattu par le valeureux policier qui subit encore les rafales. En dehors de deux passants au loin se cachant derrière une poubelle, la rue est déserte. On voit ici et là quelques affaires lâchées dans la précipitation de la fuite. En face j'aperçois le policier relever la tête et tenter de tirer à nouveau sur son adversaire, mais les balles ne sortent plus, il est à court de munitions.

L'homme en costume avance alors calmement vers la voiture criblée de balles, la contourne comme si de rien n'était et lève son arme.

J'entends le policier supplier :

— Non, non… non !

Un dernier cliquetis met fin à sa vie.

La terreur m'envahit, comment peut-on ainsi tuer de sang-froid ? Je dois m'éloigner aussi vite que possible de ce monstre ! Dès qu'il m'aura vu, c'en sera fini de moi, mais pour cela, je dois combattre le sang glacé parcourant mes membres pour les faire se mouvoir. Chaque pas est un véritable supplice.

J'avance le plus discrètement possible, je suis presque hors de son champ de vision, mais derrière moi, deux hommes armés sortent à leur tour de l'immeuble, mes poursuivants. J'ai tout juste le temps de me cacher dans l'ombre d'un pick-up noir, garé sur le bord de la route. Je m'accroupis aussitôt. Non pas pour mieux me dissimuler, mais tout bonnement, car mes jambes tremblantes ne me supportent plus.

J'entends un des hommes s'adresser à celui qui vient d'abattre le policier.

— Que s'est-il passé ici bon sang ?

L'autre répond, tout en s'essuyant le visage tâché de projections de sang, à l'aide d'un mouchoir qu'il sort de sa poche.

— La police a été alertée, mon binôme s'est pris une balle dans la fusillade.

— Une taupe ?

— Oui, sûrement Fox.

— OK, ça ne va pas plaire au capitaine. Sinon, tu n'as vu personne quitter le bâtiment ?

— Non, j'étais trop occupé avec ces deux-là, réplique-t-il en regardant les cadavres de policiers.

— Bon, on doit déguerpir au plus vite, mais on ne peut pas laisser un des nôtres ici. Aide-moi à le porter jusqu'au fourgon et toi démarre le moteur.

Mon Dieu, le fourgon ! Je suis cachée derrière leur véhicule. Je dois fuir, courir le plus vite possible en espérant qu'ils décident de m'ignorer faute de temps. Sauf que… je ne sens plus de force dans mes jambes, elles ne m'obéissent plus ! Toute ma volonté réunie n'y peut rien. Pas maintenant ! Vous m'avez porté toute ma vie, ce n'est pas le moment de me lâcher. Ils approchent, c'est trop tard, non !

— D'où elle sort celle-là ?

— Ça doit être la propriétaire des escarpins, regarde, elle est nu-pieds. C'est une des cibles, descends-la, lance sèchement le donneur d'ordres.

Alors que deux des terroristes chargent le corps dans le fourgon, le troisième s'approche de moi calmement et dirige son arme vers moi. Paralysée par la peur, je n'arrive qu'à cacher mon visage de mes mains. C'est idiot je le sais, mais je ne peux m'en empêcher, tout comme l'urine qui coule entre mes jambes. Je vais donc mourir maintenant. Je ferme les yeux, attendant la sentence finale.

— Rien de personnel madame, dit-il, presque gentiment.

Un coup de feu retentit, un corps s'écroule.

J'ouvre les paupières m'apprêtant à voir un autre monde, mais à quelques mètres derrière moi, l'individu qui nous avait alertés un plus tôt vient de tirer sur mon bourreau, le touchant en pleine tête.

Les deux hommes qui chargeaient le corps de leur camarade dans le fourgon réagissent aussitôt, saisissant leurs armes. Mais mon protecteur fait feu dans leur direction, abattant l'un d'eux d'une balle dans la gorge, tandis que l'autre riposte d'une rafale. Un des projectiles vient se loger dans la jambe droite de mon bienfaiteur. Sévèrement blessé, celui-ci tombe à genoux puis à plat ventre en laissant s'échapper son pistolet. Au loin, les sirènes de police se font entendre.

L'agresseur s'apprête à tirer une seconde salve, mais une nouvelle détonation retentit, le frappant au ventre. L'œil incrédule, il touche la tache rouge se propageant sur sa chemise blanche. Il observe sa main maculée de sang, puis me regarde. Un ultime coup de feu lui perfore la poitrine et il s'effondre.

— Rien de personnel, dis-je, à ma propre surprise.

Que vient-il de se passer ? Qui l'a tué ? Je me vois à la troisième personne, un pistolet entre les mains. C'est moi ? C'est moi qui ai tiré ? Pourtant, je n'ai jamais tenu une arme à feu. J'ai ramassé celle qu'on m'avait pointée dessus quelques secondes auparavant et pressé la détente sans réfléchir. Mes gestes furent plus rapides que ma pensée, ce fut si simple, d'ôter une vie.

À quelques mètres devant moi, mon bienfaiteur m'interpelle :

— Posez cette arme, me lance-t-il en rampant vers moi dans un sillon de son propre sang.

— Quoi ? dis-je, complètement déboussolée.

— La police… ils pourraient croire que vous êtes l'une des leurs.

J'obéis sans comprendre.

— Vous m'avez sauvé la vie, dis-je en pleurant les larmes d'une multitude d'émotions.

Mon bienfaiteur me regarde en esquissant un sourire mêlé de douleur.

— Non, je me suis simplement racheté. C'est plutôt vous qui avez sauvé la mienne ! Alors, à qui dois-je la vie ? demande-t-il.

— Marie, Marie Blanche.

— Enchanté de faire ta connaissance Marie. Moi, c'est Édouard, Édouard Kane, répond-il en s'arrêtant à mes côtés.

— Ne vous inquiétez pas, les secours arrivent.

— Oui, je les entends, lui dis-je.

Il pose sa main sur la mienne.

— Je suis désolé de vous demander ça, mais, pourriez-vous appuyer sur ma blessure en attendant, je commence à perdre connaissance à cause de l'hémorragie.

— D'accord, alors, vous êtes vraiment un policier ? dis-je en apposant avec hésitation mes mains sur sa cuisse ensanglantée.

— Pressez plus fort s'il vous plaît. Oui, je ne mentais pas tout à l'heure, je suis bien policier, j'étais sous couverture. Mais je crois qu'elle est fichue désormais, chuchote-t-il en fermant doucement les yeux.

Je reste là, à appuyer sur sa plaie aussi fort que possible, l'esprit concentré sur cette unique tâche, déconnecté de la réalité et perdant le fil du temps.

Tout autour, les sirènes et gyrophares se multiplient, un urgentiste s'accroupit devant moi. Il m'observe et me parle, mais je suis comme une statue de marbre, pressant toujours la blessure. Seules la chaleur et la viscosité du sang s'échappant de sa cuisse me maintiennent à cette réalité cauchemardesque.

XIV — Retrouvailles secrètes

Demain, cela fera deux mois que j'ai échappé à ce carnage, deux mois que deux agents du SDLP, Service de La Protection, m'escortent partout où je vais. Heureusement, je n'ai pas eu à changer de domicile ni d'identité. Apparemment, ce type de programme de protection des témoins n'existe toujours pas en France, néanmoins mon adresse a été tenue secrète dans l'affaire du 29 février. Officiellement, je réside donc à la brigade de police du 13e arrondissement.

C'est ainsi, ma vie a de nouveau basculé et j'ai dû l'accepter. En l'espace de quelques minutes, j'ai perdu tous mes collègues, mon travail, on a voulu me tuer, on m'a protégé et j'ai moi-même ôté puis sauvé une vie. Cette expérience m'a tellement marquée que j'ai parfois l'impression de ne plus être la même. Je perçois le monde d'une manière différente à travers mes sens les plus primaires. Les couleurs, les sons, le goût des choses ne sont plus les mêmes. Rien n'est et ne sera jamais plus pareil, la Marie blanche d'avant est peut-être bien morte ce jour-là.

Curieusement, j'ai réussi à me faire à ma nouvelle vie. Bien sûr, les débuts furent difficiles, la transformation ne s'est pas faite sans douleur, loin de là. Être accompagné H24, ne plus avoir d'intimité n'aide pas à reconstruire une vie. Toutefois, j'ai bien conscience que ces deux agents ne font que leur travail et je leur en suis reconnaissante. Après tout, ces hommes sont prêts à recevoir une balle pour moi, c'est une raison suffisante pour leur manifester tout le respect qu'il se doit. Parfois, il m'arrive de leur payer le café et à force j'apprends à les connaître : Farid est un père de famille aimant, alors que Jean est un fêtard célibataire. Un duo fonctionnant à la perfection, j'en serais presque envieuse. Malgré tout ce temps passé ensemble, ils gardent toujours une certaine distance avec moi, je sais qu'ils ne me tutoieront jamais, ce que je comprends parfaitement.

— Ah… cette nouvelle vie prend une tournure routinière, me dis-je en soupirant.

Mais aujourd'hui pas de place à la monotonie, je vais revoir l'homme qui m'a sauvé, Édouard. Il est sorti il y a peu de l'hôpital et m'a téléphoné la vielle pour organiser une rencontre. Nous nous sommes donc donné rendez-vous dans le 13e, sur la terrasse d'un café bistro à laquelle je suis déjà installée. Deux tables plus loin, mes deux anges gardiens sirotent leur cappuccino, l'attente s'annonce longue, sans compter que j'ai une bonne trentaine de minutes d'avance. Une mauvaise habitude dont j'aimerais me débarrasser.

Dieu, ce que j'ai hâte d'échanger avec lui, je veux en apprendre plus sur l'homme qui m'a sauvée. J'ai entendu dire qu'il avait reçu la médaille d'honneur de la police nationale. Il aurait même été promu au rang de commissaire divisionnaire, un fait apparemment extraordinaire au vu de son jeune âge.

Tiens, quand on parle du loup ! Visiblement, lui aussi aime avoir de l'avance. Je l'ai reconnu du premier coup d'œil. On ne s'est vu qu'une fois, mais celle-ci fut assez mémorable pour que j'enregistre les grandes lignes de son visage. Bien sûr, son teint métissé et la béquille qui l'aide à tenir debout apportent leurs contributions. Toutefois, je ne me rappelais pas qu'il était si bel homme. Il faut dire que lors de notre première rencontre, je n'ai pas eu le luxe d'évaluer son physique. Le costume lui va sans conteste bien mieux que sa tenue d'alors, je ne regrette pas le temps que j'ai investi à me maquiller et à choisir une robe.

Il scrute quelques instants les environs, je lui fais signe du bras afin qu'il puisse me voir et bientôt il s'approche. Je m'éclaircis rapidement gorge.

— Bonjour Marie ! Comment allez-vous ? me dit-il, en me tendant la main.

Main que je m'empresse de troquer contre une bise bien française, une fois n'est pas coutume.

— Bonjour Édouard ! Tu peux me tutoyer, après ce que nous avons vécu ensemble, cela me mettrait plus à l'aise.

— Très bien Marie, appelle-moi Ed dans ce cas, c'est comme ça que mes amis me surnomment.

— Je vais m'en tenir à Édouard pour l'instant, si ça ne te dérange pas, dis-je en souriant.

— Excuse-moi, c'est un peu familier en effet, me répond-il en me retournant un sourire.

— Alors, comment va ta jambe ?

— Ma foi plutôt bien, la balle n'a touché que le muscle, je n'aurai donc pas de séquelles. D'ailleurs, je suis en rééducation depuis une semaine déjà et d'après les médecins, je guéris plus vite que la moyenne. D'ici quelques mois, je serai comme neuf ! lance-t-il, énergiquement.

— Ravi de l'entendre, j'avoue que je m'inquiétais, je me sens responsable de ce qui t'est arrivé.

— La seule chose dont tu dois te sentir responsable, c'est de m'avoir sauvé la vie. Bien, assez parlé de moi ! Comment vis-tu la situation actuelle Marie ?

Cette question me fait baisser les yeux vers la table, non pas par gêne, mais pour plonger dans mon ressenti présent, afin de lui répondre avec sincérité.

— Je ne sais pas… j'ai parfois l'impression que tout ceci n'est pas réel. Les premières semaines, je faisais fréquemment des crises d'angoisse, trouver le sommeil était difficile et quand j'y parvenais, c'était pour faire d'horribles cauchemars. Mais depuis quelques jours, les choses se sont tassées, le suivi psychologique m'a beaucoup aidé de ce côté-là.

— Tu es vraiment une femme courageuse Marie. Tu sais, bien que je sois formé à faire face à ce genre de situation, il m'a fallu du temps pour retrouver une certaine sérénité, me dit-il, le regard plein de compassion.

— Ce n'est pas la même chose ! On t'a tiré dans la jambe et tu as échappé de peu à la mort, dis-je, avec vigueur.

— Peut-être, mais si j'avais insisté, tes collègues seraient peut-être encore vivants.

— Non, ils ont fait leur propre choix en restant.

— Alors, j'aurais dû les protéger ! C'était mon devoir ! Dire qu'on m'a promu ! rétorque-t-il, dépité.

— Ne dis pas ça, tu as mérité ta récompense, tu m'as sauvée ! Je devrais être morte à l'heure qu'il est. Il y a bien un responsable à ce drame, mais ce n'est pas toi !

— Tu parles de « L'Informaticien » ? demande-t-il.

Marquant une seconde d'hésitation, je réponds :

— Ah oui, je ne m'habituerai jamais à ce surnom ridicule.

Édouard arbore un sourire gêné, puis s'éclaircit la gorge. Aurais-je dit une bêtise ? Il reprend :

— Justement, je voulais te poser un certain nombre de questions, si cela ne te dérange pas. Cela pourrait faire avancer l'enquête.

J'aurais préféré éviter le sujet, mais je lui dois bien ça.

— Aucun problème, je serais ravie de me rendre utile.

— Je m'excuse d'avance, car je sais que la plupart de ces questions t'ont déjà été posées par les inspecteurs responsables de l'investigation. Mais, j'ai besoin d'entendre les réponses de mes propres oreilles. De plus, ils auraient pu omettre de retranscrire certains détails.

— Vas-y, je t'écoute, lui dis-je.

— Très bien. Vois-tu, j'ai ma théorie personnelle sur « L'Informaticien ». Cette théorie diverge en plusieurs points de l'enquête officielle, mais il me manque quelques pièces du puzzle pour l'étayer.

— Sur quels points diffère-t-elle exactement ?

— Un, en particulier. Le rapport indique que le mobile de « L'Informaticien » était de nature vénale. Mais, bien que son principal objectif fut de soutirer de l'argent à des organisations criminelles, il paraissait tout de même respecter un certain code déontologique qu'il se serait fixé lui-même. Personnellement, je ne crois pas au mobile, il a pris trop de risques. C'est comme s'il ne craignait pas la mort et qu'il était au contraire prêt à sacrifier sa vie pour atteindre son but. En revanche, je suis tout à fait d'accord sur le fait qu'il répondait à une sorte de code.

— Un genre de justicier ? demandé-je avec étonnement.

— Peut-être oui, un justicier fanatique. Tes éclaircissements m'aideront peut-être à le confirmer.

— Alors, commençons, tu as éveillé ma curiosité, déclaré-je avec entrain.

— Bien ! me répond-il, en sortant un calepin et un crayon de sa veste.

C'est un peu vieux jeu pour un homme de sa génération, étonnant.

— Désolé, mais la première concerne le plan personnel, prévient-il.

— Je t'écoute, dis-je, désormais impatiente.

— Quel type de relation entretenais-tu avec lui ?

Cette question est-elle vraiment nécessaire ? Peut-être bien qu'il s'intéresse à moi, mais en y réfléchissant, les autres enquêteurs m'ont posé la même, me dis-je avant de répondre :

— Au début rien de particulier, nous n'étions que de simples collègues et nos échanges se cantonnaient au travail. Ce n'est que récemment, enfin, les quelques semaines avant le 29 février que les choses ont commencé à évoluer.

— Évoluer ? Dans quel sens ? m'interroge-t-il.

Nous y voilà, à ce passage déplaisant de l'histoire, je déteste parler de l'ancienne moi :

— Eh bien, disons que j'avais quelques soucis au travail, des soucis du genre harcèlement moral. Cela ne datait pas d'hier, mais la situation avait empiré dernièrement et c'est lui qui y a mis fin.

— Comment a-t-il fait, s'est-il interposé, a-t-il alerté les partenaires sociaux ? demande Édouard.

— Non, rien de tout cela. À vrai dire, je ne sais pas vraiment comment il a procédé, mais du jour au lendemain, les harcèlements ont stoppé net. Ce n'est pas tout, deux des employés impliqués se sont vus mutés, et j'ai moi-même bénéficié d'une forte promotion.

— En effet, ce n'est pas anodin ! Mais, comment pouvais-tu être certaine que c'était son œuvre ? Cela aurait pu être n'importe quel autre de tes collègues ? s'étonne Édouard, piqué d'une soudaine curiosité.

— Je l'ai su, car, juste avant que cela ne prenne fin, il m'a déclaré que tout allait s'arrêter. D'ailleurs, sur le coup, je n'ai pas vraiment saisi ses paroles, ce n'est qu'après que j'ai réalisé.

— Je vois et tu n'as pas cherché à en savoir plus ?

— Bien sûr que si ! Mais je n'en ai pas eu l'occasion.

— Que veux-tu dire par là ?

— Eh bien, en plus du reste, j'ai bénéficié d'un congé, une sorte de récompense pour compenser toutes les heures supplémentaires que j'avais effectuées depuis mon arrivée dans la boite. Vu mon état de fatigue à l'époque, je n'ai pas craché dessus. Je pensais donc cuisiner mon bienfaiteur à mon retour. Mais à ma grande surprise, il avait posé deux semaines démarrant pile le jour de ma reprise. J'ai malgré tout voulu obtenir des réponses, c'est pourquoi je suis allée directement chez lui.

— C'est à ce moment-là que tu l'as revu ? questionne Édouard.

— Pas tout à fait. Du moins, pas lors de mes premières tentatives. J'ai quand même fini par tomber par hasard sur sa voisine. C'est elle qui m'a révélé qu'il séjournait à l'hôpital suite à un accident de moto. Je ne savais même pas qu'il en possédait une, il venait toujours au travail en transport en commun.

Édouard hoche de la tête, comme s'il venait de confirmer quelque chose.

— On a justement retrouvé la moto dans le garage de ladite voisine, Nadine Chevalier.

— Oui, c'est bien ça, Nadine ! Elle m'a demandé de lui passer le bonjour, d'ailleurs en y repensant, je crois bien avoir oublié de le faire.

— Donc, c'est le jour suivant, à l'hôpital, que tu as enfin pu le revoir, n'est-ce pas ?

— C'est bien ça, il était dans un sale état, des bandages partout, lui confirmé-je.

— En effet, j'ai eu accès à son dossier médical. De quoi avez-vous parlé et a-t-il répondu à tes interrogations ?

— Franchement, il a éludé la plupart de mes questions. Il a tout de même admis avoir œuvré pour moi, mais il a refusé d'en dire plus.

— Je vois, merci, cela va beaucoup m'aider, dit-il en rangeant son calepin.

Il dit cela par pure politesse, tout ce que je viens de lui raconter, il a dû le lire dans le rapport à quelques détails près.

— Si ça ne te dérange pas, j'aurais à mon tour quelques questions à te poser, lui dis-je.

— Je t'écoute, répond-il.

— Les hommes qui nous ont attaqués, j'ai cru comprendre qu'ils appartenaient à une sorte de mafia, c'est bien ça ?

— En effet, c'est une organisation criminelle connue sous le nom du cartel de la corde. Leur grande spécialité c'est le trafic d'héroïne, bien qu'ils cherchent à diversifier leurs activités ces dernières années.

— Je ne saisis pas, pourquoi s'en sont-ils pris à nous, ses collègues ? Je veux dire, il n'était même pas présent ce jour-là ! Pourquoi tuer autant d'innocents ? Quelles étaient leurs motivations ? demandé-je, nerveusement, incapable de contenir mon amertume.

Édouard, cherchant les bons mots, se frotte un instant le front du bout des doigts, puis répond avec sollicitude :

— Ces gens-là, ils ne pensent pas comme le commun des mortels, ils n'ont pas les mêmes valeurs que nous. Pour eux, ce n'est pas une question de rancœur ni de vengeance. Leur objectif devait être avant tout de faire passer un message.

— En tuant des innocents ? rétorqué-je avec véhémence ?

— Malheureusement, c'est une pratique courante dans ce milieu. Famille, amis, connaissances, animaux domestiques, pour eux ce ne sont que des leviers à actionner.

— Mais, dans ce cas, qu'a-t-il pu bien faire de si grave pour déclencher un tel bain de sang ?

— Pour commencer, il est suspecté d'avoir assassiné trois malfrats appartenant au gang des Hoodsters, dont l'ancien numéro un, qui était en relation directe avec le cartel de la corde.

— Lui ? Tuer quelqu'un ? Il n'avait rien d'un meurtrier, dis-je, perplexe.

— Pourtant j'ai bien trouvé son ADN sur une des scènes de crime, ainsi que le rétroviseur arraché de sa moto, affirme Édouard.

— Mais, est-ce une raison suffisante pour que le cartel s'en mêle ? m'étonnais-je.

— Non en effet, mais je vais te demander de ne pas ébruiter ce que je vais te dire.

— Je suis une véritable tombe, ne t'en fais pas.

— Très bien, alors écoute bien. Après que L'Informaticien se soit débarrassé du leader des Hoodsters, il a pris possession du téléphone portable de ce dernier, puis s'en est servi pour hameçonner toute sa liste de contacts. Il se trouve qu'un des pontes du cartel est tombé dans le panneau, créant ainsi une backdoor sur le système informatique du cartel.

— Je vois, il a donc dû avoir accès à des informations sensibles.

— Oui, c'est également ce que j'en ai conclu. Mais pour moi, ça ne justifie pas que le cartel aille jusqu'à exécuter un de ses plus hauts membres. Je pense que L'Informaticien a mis la main sur quelque chose de bien plus important aux yeux du cartel.

— Tu as une idée de ce que ça pourrait être ? dis-je, intriguée.

— Non, je dois bien admettre que je n'en ai aucune idée, répond Édouard en secouant la tête, par négation.

— Je comprends mieux maintenant, mais comment ont-ils fait

pour remonter jusqu'à lui ?

— Je ne sais pas exactement, mais l'hypothèse la plus plausible serait la suivante : le téléphone subtilisé par L'Informaticien disposait probablement d'une puce GPS. De nombreux téléphones mobiles sont munis d'un système d'exploitation historisant automatiquement les coordonnées GPS. Ces données sont généralement transmises à l'entreprise ayant développé le logiciel. En analysant les déplacements, le cartel a pu rapidement établir le lien avec la mort de « Chico », le dealer voisin de « L'Informaticien ».

— Certes, mais, c'est impossible d'obtenir ce type d'informations, elles sont privées ! affirmé-je, incrédule.

— Peut-être, mais le cartel dispose de moyens presque illimités ! Pour eux, y accéder n'est qu'une affaire d'argent.

— Je vois. J'aurais une dernière question si ça ne te dérange pas, dis-je, hésitante.

— Je te dois bien ça, je t'écoute, répond-il, toujours plein de bienveillance.

— Le jour de notre rencontre, comment as-tu appris que notre agence allait être ciblée ?

— Comme tu le sais déjà, cela faisait plusieurs mois que j'avais infiltré le gang des Hoodsters. Ce jour-là, certains membres des Hoodsters ont été convoqués par le cartel de la corde pour participer aux opérations. Par chance, j'en faisais partie. Tu le devines, j'ai intégré l'équipe chargée de purger le lieu de travail de « L'Informaticien ». Mon rôle d'éclaireur m'a laissé une petite longueur d'avance sur les hommes du cartel.

— C'est donc toi qui as contacté la police en premier, avant Louis. Mais pourquoi ne pas avoir envoyé directement un groupe d'intervention ?

C'est ce qui était prévu, mais mobiliser le GIPN nécessite plusieurs dizaines de minutes, un laps de temps que nous n'avions malheureusement pas. C'est pourquoi mon supérieur hiérarchique a pris la décision de dépêcher les policiers qui patrouillaient à proximité. Il espérait que cela suffirait à décourager l'attaque. Mais tu connais la suite, dit-il en se joignant les mains sous le menton.

— Oui, quinze morts, soupiré-je en fermant les yeux un instant.

Édouard énumère le funeste bilan :

— Neuf civiles, deux policiers, quatre membres du cartel. Mais à cela, tu peux ajouter les deux parents de L'Informaticien, assassinés à leur domicile. Bien sûr, sans compter L'Informaticien lui-même ainsi que les deux hommes trouvés dans son appartement : deux autres mafieux.

Pas étonnant que l'affaire ait fait la une des médias durant des semaines, pensé-je.

— Ces deux mafieux, tu crois que c'est lui qui les a tués ?

— Oui, de toute évidence. Mais en contrepartie, il a été mortellement blessé et s'est vidé de son sang.

Il a beau avoir péri, je ne parviens pas à lui pardonner de m'avoir impliqué dans ce drame. Pourtant, je lui suis toujours reconnaissante de ce qu'il a fait pour moi. C'est un sentiment contradictoire et sans aucune logique.

Sans prévenir, Édouard m'interrompt dans mes pensées :

— J'aurais dû rester, te protéger toi et tes collègues ! J'espérais que le GIPN arriverait à temps, ou plutôt non, je craignais pour ma vie. La vérité, c'est que je suis un lâche ! Un pleutre qu'on a promu et décoré d'une médaille pour qu'il se taise, qu'il ne parle pas de ce fiasco !

— Édouard, un lâche ne serait pas revenu. Tu y es retourné en sachant que tu n'avais presque aucune chance de t'en sortir et tu m'as sauvée.

— Mais tes collègues…, marmonne-t-il en couchant son visage au creux de ses mains.

Émue, je lui saisis les poignets et les écarte comme si je voulais le libérer de son fardeau.

— Édouard, regarde-moi. Tu feras un excellent commissaire.

Il relève la tête, légèrement surpris.

— Je vois que tu as mené ta petite enquête, lance-t-il.

— J'avoue m'être quelque peu intéressée à la personne à qui je dois la vie, lui dis-je.

L'esquisse d'un sourire se dessine au coin de sa bouche, puis il semble se rappeler quelque chose :

— Ah, j'allais oublier, j'ai quelque chose pour toi !

Il sort alors une petite boite de l'intérieur de sa veste, le genre de boite contenant généralement un pendentif ou une bague. Les idées les plus folles me traversent soudain l'esprit et je me sens rougir. Il me tend la boite que je saisis presque en tremblant. Je l'ouvre et y trouve… une médaille…

Édouard me regarde droit dans les yeux et me dit :

—En temps normal, cette récompense est octroyée lors d'une cérémonie officielle, mais au vu du programme de protection des témoins, on m'a chargé de le faire en toute discrétion. C'est donc un immense privilège pour moi, de te remettre cette médaille d'honneur pour acte de courage et dévouement, Marie.

Un mélange de fierté et de déception se confond en moi. Je remercie Édouard et nous discutons longuement, dévoilant progressivement nos vies et personnalités l'un à l'autre, cherchant à établir un peu d'ordre dans notre relation si singulière.

Avant de nous quitter, nous prévoyons de nous revoir d'ici deux semaines.

L'attente sera interminable…

XV — Réveil difficile

Ma Rolex affiche quatorze heures passées, je m'extrais péniblement de mon lit et me prends aussitôt les pieds dans la couverture. Le visage contre la moquette de ma chambre, je me relève en jurant et titube jusqu'à l'escalier menant au rez-de-chaussée, encore étourdi par la folle soirée de la veille.

— Bonjour, comment se porte Monsieur, de si tôt matin ?

La femme à la cinquantaine me pinçant de son sarcasme habituel, c'est Aline, ma majordome. Comme tout professionnel qui se respecte, cette dernière s'adresse à moi avec le cachet d'un fidèle serviteur. Toutefois, à l'opposé de ce que l'on pourrait imaginer d'un représentant de sa vocation, elle n'est point soumise, bien au contraire. J'ai beau essayer jour après jour de la faire sortir de ses gonds, rien n'y fait. Aline n'est pas du genre à laisser transparaître facilement ses émotions et de manière générale elle fait preuve d'un flegme à toute épreuve.

Je dois bien l'admettre, il est rare que nos joutes verbales se terminent en ma faveur, tant cette femme manipule les mots avec brio. Telle une épéiste, elle pare mes estocs d'un humour sobre et pique d'une répartie à la précision dantesque. Pour ce qui est du physique et de l'apparence, c'est un cliché ambulant : mince, athlétique, bien coiffé, smoking noir sans le moindre pli, chemise blanche et gants de la même couleur. Toujours impeccable, c'est simple, si elle était muette et immobile je m'en servirais comme mobilier de décoration.

Malgré nos différences et bien que nous n'ayons aucun lien de parenté, Aline est ma seule famille. Parfois, il m'arrive de comparer notre binôme à certains héros de fiction bien connus. J'aurais alors dans ma grande villa, une salle cachée dans laquelle à la tombée de la nuit, je revêtirais la cape et le masque d'un justicier pour aller sauver dans l'anonymat la veuve et l'orphelin. Tandis qu'Aline protégerait mon secret.

La réalité est tout autre, je ne suis pas un héros et l'orphelin c'est moi. Je suis un de ces milliardaires beaux gosses et addicts à toutes bonnes choses que l'argent puisse offrir. Je multiplie les conquêtes d'un soir sans jamais rien construire, car j'ai peur, peur de perdre, encore. En tout cas, c'est ce que raconte mon psy. En même temps, il n'est pas allé chercher l'idée bien loin le bougre.

Il y a six ans de cela, j'ai perdu mes parents et ma sœur cadette dans un accident de la route. Nous venions de réveillonner en famille à New York et après avoir passé huit longues heures à bord de notre jet privé, nous retournions au domaine familial. Mon père était au volant quant au détour d'un virage, la grande faucheuse a pris la vie de ma famille, ainsi que celle du jeune écervelé qui n'a su maîtriser sa voiture de sport. Moi, j'ai survécu, mais cinq années se sont écoulées avant que je n'ouvre à nouveau les yeux. Tout ce que je sais de cet accident et de ma vie passée, c'est Aline qui me l'a raconté. Ma mémoire d'avant n'est qu'une bouillie informe de bruits et de couleurs. Il m'est impossible d'en tirer la moindre information, ne serait-ce que le son d'une voix ou les traits d'un visage. Je ne saurais dire si le jeune adulte que j'étais auparavant et l'homme que je suis à présent sont bel et bien la même personne. Aline est le seul être reliant ces deux existences séparées par un blanc de cinq années.

Mes tout premiers souvenirs sont les visages des infirmières présentes à mon réveil. Puis les récits d'Aline sur ma vie passée, sur ma famille pour laquelle je n'éprouvais alors aucun sentiment, aucune empathie. Après tout, sans leur mémoire qui m'avait été volée, ils ne demeuraient que des photos, des étrangers. Mais au fil des longs mois de rééducation qui ont suivi à la clinique, à force d'écouter les histoires d'Aline, j'ai fini par les aimer, les regretter. Ces histoires m'ont apporté le réconfort nécessaire pour lutter chaque jour sans relâche, afin de réhabiliter ce corps dont les muscles avaient été affaiblis par toutes ces années de rien.

Finalement quand j'ai enfin pu sortir de la clinique, je suis retourné au domaine familial. Je l'ai parcouru comme on visiterait un musée, rien dans cette immense demeure ne m'évoquait quoi que ce soit, pas même ma chambre. Aucun souvenir ne m'est revenu, ce fut une grande déception. J'ai donc décidé d'acquérir une villa sur la Côte d'Azur et de m'y installer, je voulais y produire mes propres souvenirs, commencer une nouvelle vie que j'allais croquer à pleines dents.

Comme pour rattraper le temps perdu, j'ai abusé, abusé de tout, hôtels de luxe, croisières, voyages aux quatre coins du monde, boites de nuits les plus sélects, casinos, drogues, femmes. Cela a comblé le vide en moi durant une période, mais depuis quelques mois je sens que cela ne suffit plus. Je suis las de cette opulence qui fait rêver tant d'êtres sur terre, las de ces relations superficielles que je tisse. J'ai l'impression de mourir de l'intérieur, chaque jour qui passe délave un peu plus ma vie de ses couleurs.

En dehors de l'amusement, je ne trouve aucun sens à mon

existence, et au fond n'est-ce pas le plus important ?

Bâillant allègrement, je réponds à ma majordome.

— Bonjour Aline ! J'ai un mal de crâne de tous les diables. Enfin, avec le peu de souvenirs qui me reviennent sur l'orgie de la veille, je me dis que ça pourrait être pire !

— Pardonnez-moi, Monsieur, mais je ne vois pas de quoi vous parlez. Pourriez-vous préciser ? Réponds Aline, au milieu des cadavres de bouteilles et autres substances narcotiques jonchant le sol de la villa.

— Un sarcasme de si beau matin ! Ah, je suis persuadé que derrière vos bonnes manières, vous avez vécu une jeunesse des plus tumultueuses.

— Ma mémoire défaillante ne saurait déterrer d'aussi vieux souvenirs Monsieur, mais à défaut de vous dévoiler mon passé, je peux vous garantir que ma présence à vos côtés ne me permet ni l'ennui ni la monotonie.

— Merci pour ce magnifique compliment Aline, pourriez-vous désormais me rendre un petit service ?

— Ah, j'ai déjà appelé l'équipe de nettoyage habituelle, ils seront là d'ici trente minutes, déclare Aline.

— Bien, mais je ne pensais pas à cela, lui dis-je. En fait, j'aurais besoin d'un bon remède ! Pourriez-vous m'apporter une bière bien fraîche et demander à Mario de venir me préparer une napoletana ?

Ah... Mario, le meilleur pizzaiolo du coin ! C'est d'ailleurs pour cela que je l'ai embauché, au grand dam d'Aline, qui elle, m'avait recommandé un cuisinier renommé et nutritionniste de surcroît. Mais dans la balance, les pizzas de Mario ne m'avaient pas fait longtemps hésiter ! Elles sont une des rares choses qui égaient encore ma vie, c'est dire si cette dernière est triste.

— Très bien monsieur, répond Aline avant de s'éclipser en direction de la cuisine.

Pour ma part, je me rends au salon et m'étale de tout mon corps sur le cuir grinçant du canapé. La pièce est illuminée par les rayons de soleil traversant la grande baie vitrée qui donne sur la plage. La Côte d'Azur est magnifique, mais à l'instant présent, son éclat ne fait qu'amplifier mon mal de crâne.

— Katsumi, luminosité à vingt pour cent !

— Oui maître ! répond sensuellement une voix féminine au timbre légèrement synthétique. Aussitôt, la baie vitrée se teinte, réduisant drastiquement l'ensoleillement du salon.

Katsumi, c'est l'IA gérant la domotique de ma villa, c'est moi qui lui ai donné ce petit nom, c'est une des touches personnelles que j'ai exigées du constructeur.

— Katsumi, les infos de ce midi sur la chaîne habituelle !

— Très bien maître ! acquiesce l'IA.

Le mur qui me fait face se transforme en téléviseur géant affichant le journal de midi en différé. À l'image, un saisonnier se plaint du mauvais temps dans le nord, tandis qu'un agriculteur se désole d'une sécheresse dans le sud. Les nouvelles s'enchaînent rapidement, la moindre information est dramatisée ou exagérée. Comme d'habitude, les faits importants sont brièvement abordés alors que les sujets plus futiles, mais aussi plus populaires traînent en longueur.

Puis, c'est au tour du massacre du 29 février, c'est ainsi que l'ont surnommé les médias. Cela fera deux ans demain, en prenant en compte l'année bissextile. Les infos n'en avaient pas parlé depuis longtemps, mais le procès des anciens membres des Hoodsters vient de commencer. On voit plusieurs hommes sortir du tribunal vestes sur la tête au milieu d'une foule de journalistes.

Aline arrive avec un grand plateau sur lequel se trouve un verre de jus d'orange, accompagné d'un assortiment de fruits, de fromages et de charcuterie.

— Aline, plus que pour votre mémoire, je crains pour votre ouïe, vous devriez consulter de toute urgence. Je vous avais demandé une bière bien fraîche et une pizza napolitaine. Or je ne vois sur ce plateau que des amuse-bouches, de plus vous savez bien que j'exècre les jus de fruits, à moins bien sûr qu'on y introduise une dose non négligeable d'alcool.

— Que Monsieur ne s'y trompe pas, ce n'est pas un jus de fruits, mais d'une mixture à base de carotte et de betterave, excellent remède contre le mal de tête.

Mon ventre se met à gargouiller.

— Vous entendez Aline ? C'est le cri d'agonie de mon estomac à la simple vu du régime que vous tentez de lui infliger.

— Désirez-vous que je retourne ce plateau en cuisine ? Toutefois, je tiens à prévenir Monsieur que son « Cuisinier » est en congé jusqu'à demain.

— Malheur, nous sommes déjà dimanche ! Bon, très bien Aline, ne vous donnez pas cette peine, quelques amuse-bouches ne me feront pas de mal.

En y regardant de plus près, ce plateau m'a l'air plutôt appétissant.

— Monsieur, je me suis permis de déposer un comprimé de

paracétamol à côté du verre, j'ai entendu dire que c'est efficace contre les céphalées, bien plus que la bière à ce qu'il paraît.

— Peut-être bien Aline. Mais leur goût est infect !

— En parlant de cela Monsieur, j'allais oublier vos comprimés journaliers, me dit Aline, en sortant le pilulier de sa veste. C'est un traitement que je dois suivre à vie depuis l'accident, pour pallier la carence d'une certaine vitamine que mon corps ne peut plus produire.

Attirée par la voix d'un journaliste, Aline tourne la tête vers la diffusion des nouvelles projetées sur le mur. On y voit le portrait de l'une des victimes du 29 et pas n'importe laquelle, le responsable indirect du massacre, L'Informaticien. L'homme qui en jouant avec le feu a créé son propre brasier funéraire, y entraînant malgré lui de nombreuses âmes. C'est étrange, à chaque fois que son visage apparaît aux infos, quelque chose m'interpelle. Est-ce la banalité de ce dernier ? Celui du commun des mortels, c'est peut-être pour cela que je le trouve familier, il ressemble à n'importe qui.

— Une fourmi s'en prenant à un essaim de guêpes, qu'attendait-il si ce n'était la mort ? déclaré-je nonchalamment.

Aline se pince le menton. Un tic qui lui vient dès qu'elle s'apprête à philosopher.

— Plus que la mort, peut-être cherchait-il une raison à son existence. Dépourvu de trajectoire, l'homme peut faire preuve d'une grande irrationalité, répond Aline, en me regardant du coin de l'œil.

— Oui… ce qui n'a de toute évidence aucune comparaison possible avec la vie de dépravé que je mène, merci, Aline, pour cette pensée du jour.

— Monsieur désire-t-il autre chose ?

— Je me suis suffisamment nourri de votre agréable présence, ce sera tout merci.

Aline s'apprête à quitter la pièce puis s'interrompt pour se retourner vers moi.

— J'oubliais Monsieur, je me suis permis d'offrir le déjeuner aux charmantes dames qui vous ont tenu compagnie hier soir.

— Vous avez bien fait, lui dis-je.

— Ce n'est pas tout, votre ami Travis a téléphoné, il m'a demandé de vous rappeler que vous devez passer chez lui à 15 h 30.

— Travis ? Ah oui ! J'avais totalement oublié, j'ai tout juste le temps de prendre une douche.

— Je vous place la Porsche devant l'entrée principale, cela vous fera gagner du temps, propose Aline.

— Plutôt la Lamborghini, merci.

— Très bien monsieur, trouvez tout de même le temps de manger.

Aline quitte la pièce pour de bon et moi je me lève en attrapant le plateau sous le coude, m'empiffrant autant que possible, le long des couloirs qui mènent à la salle de bain. En moins de deux minutes, je suis sous la douche.

— Katsumi, programme réveil s'il te plaît.

— À vos ordres, maître !

Des jets d'eau s'articulent tout autour de moi me massant le corps de leur chaleureuse pression. Le mal de crâne commence à s'atténuer, quand une abondante projection d'eau froide m'asperge le dos. Le réveil est brutal, mais pas le choix, il faut au moins ça pour me remettre d'aplomb. Un air puissant et tiède vient ensuite me sécher la peau. Vivifié par les soins de Katsumi, je sors de la douche et pars enfiler un de mes plus beaux costumes. En dix minutes à peine je me retrouve au volant de ma décapotable, cheveux au vent.

Travis, un gars que j'ai rencontré deux semaines plus tôt lors d'une soirée de débauche, m'a proposé d'essayer son tout nouveau stand de tir. Je n'ai encore jamais manipulé d'arme à feu et l'occasion est trop belle pour être ignorée. De plus, d'après ce qu'il a sous-entendu sa collection comporte quelques pièces pas tout à fait légales.

Impossible que je loupe une activité qui pourrait venir pimenter quelque peu la journée !

XVI — Obsession naissante

J'arrive devant la propriété des Millers avec une bonne heure de retard. Au travers du luxueux portail, j'aperçois le superbe manoir occitan du 17e qu'habite la famille.

À l'interphone, Travis me taquine sur l'heure avant de m'ouvrir la grille. La minute suivante, il m'accueille à bras ouverts sur l'esplanade principale, devant la grande entrée. C'est un chouïa trop familier pour un gars que j'ai rencontré il y a à peine deux semaines.

C'était au Platine, un club très sélect, réservé à la jeune élite française ayant réussi à faire fortune avant la quarantaine. Ou encore, comme Travis et moi, aux fils à papa dont le seul mérite est d'être né une cuillère en or dans la bouche.

Travis m'a raconté que ses ancêtres ont bâti leur richesse sur l'esclavage et la culture du coton dans les DOM-TOM, une chose dont il ne devrait peut-être pas trop se vanter. De nos jours, sa famille possède encore de nombreuses terres, propriétés et entreprises locales leur permettant de faire perdurer la tradition sous une forme plus « humaine », mais dans les faits à peine plus éthiques. Enfin, qui suis-je pour juger ? Mon propre père a fondé sa fortune sur les traitements contre le cancer à base de chimiothérapie, les vendant à prix d'or pour un coût de production dérisoire. Exploiter ou profiter, la frontière est bien mince.

Travis me propose de siroter un petit cocktail devant la piscine avant de passer aux choses sérieuses. Il en profite pour me faire un inventaire complet de ses dernières conquêtes féminines et acquisitions matérielles. Ce type est aussi vide que moi en fait, c'est peut-être pour cela que nous nous entendons si bien.

Les cocktails défilent et nous sommes bientôt égayés par l'alcool, après un certain temps, Travis m'invite à descendre au sous-sol du manoir. Nous rentrons dans la demeure et nous dirigeons tout de suite vers un large escalier en colimaçon s'enfonçant profondément sous terre. L'escalier donne ensuite sur une vaste cave à vin que nous traversons sans nous arrêter, à mon grand regret. L'architecture est d'époque, mais nous nous retrouvons rapidement face à une porte blindée moderne, cette dernière imposant à Travis de fournir une empreinte digitale ainsi qu'un mot de passe.

La porte s'ouvre sur un immense hangar avoisinant la taille de celui de mon jet privé, je suis sidéré. Qui imaginerait pareille structure se cachant derrière une banale porte blindée. Au fond du hangar, j'aperçois quelques cibles de tir visiblement installées à la va-vite. Une petite odeur sulfurée habite les lieux, sûrement celle de la poudre.

— Alors, surpris ? me lance-t-il d'un ton satisfait.

— Vraiment incroyable ! Il faut absolument que tu me donnes le numéro de votre architecte, lui dis-je, encore extasié.

— Bien sûr, je te transmettrai sa carte. Dis-toi que les travaux ne sont pas tout à fait terminés. Par exemple, nous remplacerons les cibles fixes par d'autres mobiles et cerise sur le gâteau, elles s'articuleront toutes au travers d'un magnifique décor.

— Ah oui ? De quel style ? demandé-je, simulant un intérêt pour la chose.

Les traits du visage de Travis se muent sous la forme de la

préoccupation.

— Père et moi n'avons pas encore tranché. Personnellement, j'imaginerais bien quelque chose du style post-apocalyptique avec des zombies. Quant à lui, plutôt un décor type Far West : saloon, bandits, filles de joie, tu vois le genre.

— Oui, je vois bien le genre. Ma foi, je préfère le post-apo, lui dis-je, bien que trouvant les deux idées tout aussi ringardes l'une que l'autre.

— Ah, je le savais ! Je dois te présenter mon paternel, tu m'aideras peut-être à le convaincre ! me répond-il avec enthousiasme.

— Ce serait avec plaisir ! lui assuré-je faussement, forçant le sourire.

— Bon, trêve de bavardage, regarde donc plutôt ça, lance Travis, avant de sortir une télécommande de sa poche.

En tendant l'objet devant lui, il appuie sur un des boutons. L'action déclenche l'ouverture d'un immense volet métallique longeant toute la paroi nord du hangar. Dévoilant ainsi devant mes yeux ébahis, une monumentale collection d'armes à feu.

Sans perdre de temps, Travis entame une présentation des différents modèles de sa sélection. Il y en a de tous les genres, toutes les époques et toutes les nationalités. Débutant par un magnifique biscaïen du 17e, utilisé par les mousquetaires, en passant par la mitrailleuse Browning 1919, employée par l'infanterie américaine lors de la Seconde Guerre mondiale. La collection s'étale ensuite sur d'innombrables types de fusils d'assaut, dont la célèbre Kalachnikov, simple et fiable. Le tout se termine enfin sur le McMillan TAC-338, un sniper moderne et sophistiqué bien connu depuis la guerre d'Irak.

Les yeux de Travis brillent de fierté lors de ses explications, et je l'écoute avec un certain intérêt.

— Ce hangar contient assez d'armes pour monter un coup d'État dans un petit pays africain, se vante-t-il.

Il ne doit pas être loin de la vérité sans exagérer, pensé-je. La majorité de cette collection n'est pas légale. D'ailleurs, certaines de ces armes n'auraient véritablement leur place que dans un musée.

— Comment avez-vous fait, toi et ton père, pour réunir un tel arsenal ? C'est si simple que ça de se procurer des armes ? lui demandé-je.

— Eh bien, certaines armes anciennes sont légales en tant que pièce de collection. D'autres sont plus ou moins faciles à acquérir sur le marché noir, mais pour ce qui est des armes automatiques lourdes ou des snipers militaires, c'est une autre histoire.

— Et donc ? insisté-je.

— Garde ça pour toi, mais tu vois, mon père connaît un type qui connaît un autre type…

— C'est drôle, j'ai déjà entendu ça quelque part, dis-je, interpellé.

— Figure-toi que ce n'est pas tout ! Officiellement, ce hangar souterrain n'existe pas, il n'est déclaré nulle part, ajoute Travis.

— Mais comment ?

— Mon père connaît un type…

— Oui oui, ton père connaît un type qui connaît un autre type… Je connais la rengaine, dis-je quelque peu agacé.

— Ne te vexe pas, si mon père apprend à te connaître, je suis sûr qu'il acceptera de t'en parler. En attendant, attrape ça, me dit-il en me lançant un pistolet.

Pris de court, je manque de le faire tomber sur mes pieds.

— J'espère qu'il n'est pas chargé ! La vache, c'est lourd ! Ça doit bien faire deux kilos, dis-je, soupesant l'engin de mort.

— Pour ce modèle 44 magnum : deux kilos et deux cent trente grammes et même un peu plus quand il est chargé. Tu vas tirer avec sur une cible à vingt mètres pour commencer.

Travis récupère l'arme le temps de la charger. Malgré le tempérament d'enfant gâté impulsif qu'il dégage habituellement, celui-ci s'applique en respectant strictement un protocole de sécurité qu'il m'explique en détail.

— Tu as déjà tiré avec un revolver ? demande-t-il.

— Pas que je me souvienne.

— Ce n'est pourtant pas le genre de choses qu'on oublie.

— C'est compliqué… considère que je ne l'ai jamais fait.

— Très bien, c'est simple, aligne le cran de mire avec le guidon, coupe ta respiration et presse la gâchette en te préparant au recul.

— Très bien, dis-je avant de me lancer.

Au premier coup de feu, je suis surpris par le puissant recul du magnum, mais je m'y habitue rapidement. Au fil des balles, je ne saurais dire pourquoi, je me mets à penser à L'Informaticien. D'après les informations révélées par la police, ce dernier se serait défendu avant de succomber à ses blessures, il aurait même réussi à abattre les deux hommes de main envoyés pour l'assassiner. Qu'a-t-il ressenti en pressant la gâchette pour prendre des vies ? Dans une situation similaire, serais-je prêt à faire de même ? Aurais-je le cran de me battre jusqu'au bout comme il l'a fait, ou me serais-je terré dans un trou en attendant la mort ? L'opulence et la facilité m'auraient-elles privé de mon instinct de survie ?

Le chargeur finit par se vider, ce qui me fait sortir de mes songes. Travis me demande de remettre le cran de sécurité et de reposer l'arme tandis qu'il va chercher la cible.

— Trois de tes balles ont fait mouche ! me hurle-t-il de loin.

— Pas terrible en somme, dis-je.

— Tu plaisantes ? Tu n'es peut-être pas un as de la gâchette, mais pour un débutant ce n'est pas si mal. Crois-moi, ça mérite même un petit verre.

— Si je le mérite, alors ce n'est pas de refus, mon cher Travis !

Nous passons le reste de l'après-midi à tester différentes armes, fusils d'assauts, fusils à pompe, mitraillette en alternant bien sûr avec l'alcool. Les verres se vident au rythme des chargeurs et les choses deviennent floues, jusqu'au black-out total.

…

Je me réveille devant la porte de ma villa, étendu sur le gazon sous les jets d'arrosage automatique, la tête dans mon propre vomi. Impossible de me remémorer les évènements qui m'ont mené là. En outre, je souffre d'une horrible gueule de bois qui me fait encore rendre de la bile. Temporairement soulagé de ce fardeau, je me traîne jusqu'à la cuisine pour y boire plusieurs verres d'eau. Une technique relativement efficace pour faire passer le tournis.

Préférant éviter de m'allonger de peur de raviver le malaise, je décide de regarder la télé.

Je tombe par hasard sur la rediffusion d'une émission consacrée au massacre du 29. Des psychologues et psychiatres tentent d'établir le profil de L'Informaticien. Bien que ce soit ses actions qui ont incontestablement déclenché le tragique évènement, l'homme n'a tué aucun innocent. Pourtant la plupart des invités le dépeignent comme un sociopathe de la pire espèce, ou au mieux de maître chanteur des plus vénales. Toutefois, un des intervenants se montre plus clément à son égard. À plusieurs reprises les termes héros et Robin des Bois moderne sortent au fil de la discussion. Néanmoins, pas une de ces idées ne me satisfait. À vrai dire, je préfère la vision d'Aline, celle de l'homme ordinaire, je la trouve plus tragique, plus romanesque.

C'est maintenant au tour de son ancienne voisine de parler, une sexagénaire retraitée. Elle, le décrit comme un jeune homme ordinaire, plutôt solitaire, intelligent et toujours prêt à rendre service, lui descendant même les poubelles et lui faisant parfois les courses.

— Voilà qui colle plus à l'idée que je m'en fais, me dis-je.

L'émission s'éternise et je finis par tomber de sommeil au milieu des débats et discussions.

À mon réveil, ma montre affiche midi passé et une phrase tourne encore dans ma tête : « un jeune homme ordinaire ». Comme si mon cerveau avait ressassé cette phrase toute la nuit, la retournant dans tous les sens. Un homme ordinaire peut-il réellement mettre un gang à genou et déclencher malgré lui un massacre ? Sans même juger le caractère moral de ses actions, est-ce seulement possible ?

Fermement décidé à élucider ce mystère, j'entreprends de trouver mon ordinateur portable dans le bazar omniprésent de ma chambre. Après plusieurs minutes à tout remuer, je le retrouve sous une pile de vêtements sales près du lit. Il faut vraiment que j'autorise Rose, la femme de ménage, à pénétrer dans ma chambre. Je m'assieds sur le bord de mon lit et démarre l'appareil sur mes genoux, puis entame sans perdre de temps les recherches. Je veux en apprendre plus sur cet homme, c'est frustrant, les informations officielles sont livrées au compte-gouttes, et les quelques forums de discussion sur le sujet dérivent rapidement sur de grotesques théories du complot. Rien de neuf par rapport à ce que je sais déjà.

Il est clair que je n'en apprendrai pas davantage avec un simple moteur de recherche. Peut-être pourrais-je engager un détective privé. Non l'idée me rebute, je préfère m'en occuper moi-même, ça me semble plus amusant. Et puis, je ne sais pas pourquoi, mais cette histoire devient personnelle.

Aline avait raison, au fond je me sens lié à cet homme. Le comprendre me permettra peut-être d'identifier l'origine de mon mal-être et de le soigner. Dans le pire des cas je n'ai rien de mieux à faire, tout ce qui compte à l'instant, c'est d'assouvir cette curiosité qui m'anime.

Toutefois, je n'ai absolument aucune piste. Pour démarrer, je devrais interroger ses proches, le problème c'est qu'ils ne sont pas légion, tout comme lui, ses parents ont été assassinés. Quant à ses anciens collègues, ils ont pour la plupart subi le même sort, et l'identité des survivants est gardée secrète.

— Oui, je sais ! La voisine, dis-je à nouveau de vive voix. Elle est assurément une des rares personnes encore vivantes à avoir côtoyé L'Informaticien. Je dois commencer par là !

Voilà, je l'ai trouvé mon objectif, mon but. Espérons qu'il m'occupe un moment.

XVII — De fil en aiguille

Moi qui ne voulais pas engager de détective, je crois que j'ai largement sous-estimé ce métier, car j'ai bien dû y avoir recours pour obtenir la réelle identité de Nadine. Sans son nom de famille, ou l'adresse exacte de L'Informaticien qui n'avait jamais été révélée au grand public, l'amateur que j'étais n'avait aucun moyen de recouper les informations.

J'ai donc fait appel à une connaissance d'Aline, un certain Sakaido Maijo. Je ne sais pas grand-chose à son sujet sinon qu'il est d'origine japonaise et qu'il est redoutablement efficace. C'en est même un peu vexant, car là où je me suis cassé les dents durant deux semaines, lui a trouvé l'information en deux jours à peine.

Au bout du compte, peu importe, maintenant je connais l'adresse et le vrai nom de famille de Nadine : Chevalier.

Quand je l'ai contactée, elle a tout de suite accepté de me rencontrer. À coup sûr, c'est une de ces vieilles dames isolées en manque de chaleur humaine. Quoi qu'il en soit, nous avons rendez-vous chez elle, juste à côté du lieu même où la vie de L'Informaticien a pris fin.

J'ai dû acheter une citadine classique pour l'occasion. Aline m'a fortement déconseillé de me rendre dans ce quartier sensible avec ma Lamborghini. J'ai également fait en sorte de rester discret en m'habillant comme le prolo moyen. C'est assez grisant, j'ai l'impression d'être sous couverture.

En arrivant dans le quartier, je repère l'immeuble sans difficulté. Je m'arrête une minute à quelques pas de l'entrée, lieu précis où la supposée première victime de L'Informaticien fut retrouvée : Anthony Fernandez alias Chicco, un dealer du gang des Hoodsters.

C'est étrange de se trouver là, au premier chapitre de cette sordide affaire. J'ai passé les deux dernières semaines à réunir une quantité colossale d'informations sur le sujet, au point que c'en est devenu un véritable hobby. Le fait d'être ici, à l'endroit exact où tout a commencé, me donne l'impression d'être en pèlerinage sur un lieu saint, drôle de ressenti.

Après quelques secondes de réflexion sur le sens de la vie et la condition humaine, je poursuis ma procession et me trouve devant l'appartement de madame Chevalier. Si je ne me trompe pas, celui où logeait L'Informaticien se situe à ma droite. La porte est des plus banales, pas même un bandeau de police ne la couvre. Rien ne laisse penser qu'un véritable drame s'est déroulé juste derrière.

Devant moi, madame Chevalier m'ouvre et m'accueille avec un grand sourire, elle m'invite à prendre le thé et la discussion commence. Je ne perds pas de temps et entreprends de lui poser un maximum de questions, notant chaque information jugée utile sur mon téléphone. C'est ainsi que j'apprends que L'Informaticien possédait une petite cylindrée, et qu'elle est encore entreposée dans la cave de l'immeuble, plus précisément dans le garage de Madame Chevalier. Poliment, je demande à la voir, requête que mon hôte accepte sans sourciller.

Pour nous y rendre, nous empruntons un vieil ascenseur, ceux dont il faut pousser la porte pour en sortir. Ces anciens modèles ne m'ont jamais rassuré, mais nous atteignons le garage de Nadine sans accrocs. La moto figure vraiment là ! Perplexe, j'interroge :

— Pourquoi la police ne l'a-t-elle pas saisie, ne leur avez-vous pas mentionné son existence ?

— Voyons, bien évidemment ! Mais ça n'a pas semblé les intéresser, me répond-elle.

— C'est fou tout de même, c'est pourtant une pièce à conviction potentielle. Tiens ! Vous avez remarqué, il manque le rétroviseur, dis-je, interloqué.

— Il a dû être arraché dans l'accident, rétorque madame Chevalier.

— L'accident ? Ah oui ! Le jour où il est rentré dans un sale état. Vous m'en avez déjà parlé, dis-je, en faisant le tour de l'engin que j'observe sous tous les angles, comme le ferait un enfant devant un paquet cadeau pour en estimer le contenu.

— Incroyable, elle fonctionne encore ? Vous a-t-il raconté ce qu'il s'est passé ce jour-là ?

— Oh là, une question à la fois jeune homme ! Je n'ai plus votre âge, laissez à mon vieux cerveau le temps de traiter l'information.

Nadine fronce les sourcils quelques instants, rassemblant les pièces du puzzle dans sa mémoire, puis reprend :

— Eh bien, pour ce qui est de la moto, s'il a pu rentrer avec, c'est qu'elle devait encore être en état de marche. Quant aux circonstances de l'accident, je vous ai déjà tout raconté. Il est revenu à demi conscient et a vaguement parlé d'une chute, sans donner plus de détails.

— Et, vous n'avez pas cherché à en apprendre plus ? demandé-je, étonné.

— Oh, vous savez ! Je ne suis pas du genre à trop fouiner dans la vie des autres. J'écoute, mais je ne questionne pas ! Chacun a ses petits secrets, répond Nadine, d'un ton suffisant.

— Je vois. Le nom de Michael Cerbas vous évoque-t-il quelque chose ?

— Ah ça oui ! Le gangster qui se faisait appeler le Molosse ! La police m'en a assez rebattu les oreilles, mais je n'ai jamais rencontré ce triste individu.

— Alors, vous savez certainement que c'est ce jour-là que L'Informaticien l'a…

— Sornettes ! Coupe la vieille dame, comme si elle défendait sa propre progéniture, il n'avait rien d'un meurtrier ! C'était un jeune homme perdu certes, mais il avait une bonne âme ! D'ailleurs, vous me faites penser à lui ! Donc, évitez de ternir son image, comme le font ces médias.

— Comment ? Cela fait à peine vingt minutes que vous m'avez rencontré et vous estimez me connaître ? dis-je, amusé.

— Vous savez, je suis plutôt douée pour jauger les gens, j'étais infirmière autrefois. J'ai croisé une multitude de personnes d'horizons et de cultures différentes dans ma carrière. Croyez-moi ! J'en connais un rayon sur notre espèce et pas que sur le plan anatomique ! assure-t-elle.

— C'est amusant, c'est la deuxième fois que l'on me compare à cet homme. J'ai donc l'air si perdu que ça ?

— Évidemment, confirme-t-elle, vous ne m'avez pas trompé avec vos manières de bourgeois et vos habits que vous portez pour la première fois. On ne peut pas dire que vous vous fondiez dans le décor. Vous ne savez sûrement plus quoi faire de votre temps ni de votre argent. Autrement vous ne vous intéresseriez pas à cette sordide affaire.

— Mais comment ?

— Vous n'avez pas pensé à retirer les étiquettes de votre veste, j'en déduis que vous avez l'habitude de vous vêtir chez un tailleur, me dit-elle en laissant échapper un rire moqueur.

— Hum, vous vous entendriez bien avec ma majordome. Maintenant que vous m'avez percé à jour, je voudrais vous faire une offre pour la moto, accepteriez-vous de me la vendre à un bon prix ?

— Vous la vendre ? Sûrement pas ! Elle n'est pas à moi ! Je l'ai uniquement conservée, car le pauvre n'a plus de famille à qui j'aurais pu la restituer. Non, je préfère vous la céder.

— Me la céder ? Vraiment ? Comme je vous l'ai dit, je peux vous en donner un très bon prix.

— Écoutez-moi bien, jeune homme ! Je n'ai pas pour habitude de revenir sur une parole, et je vous apprécie bien qui plus est. Toutefois, si vous tenez vraiment à me remercier, revenez me voir quand vous en saurez plus.

— Je n'y manquerai pas, merci infiniment, ma majordome se chargera de venir la chercher.

Nous remontons ensuite à son appartement. Notre discussion s'étale encore sur deux bonnes heures, mais je ne m'ennuie pas un seul instant. Cette sacrée petite dame possède un talent inouï pour raconter les anecdotes. En rentrant chez moi, j'ai presque l'impression d'avoir rencontré L'Informaticien. Nadine est restée fidèle au portrait qu'elle avait dépeint à la télé : un jeune homme réservé, poli et toujours prêt à rendre service. J'en reviens constamment au même point : un être ordinaire. Mais cela ne me satisfait guère plus, je veux connaître son mobile. Heureusement, madame Chevalier m'a donné le nom d'une autre personne qui fréquentait L'Informaticien, l'unique survivante de l'attaque du 29. J'avais eu vent de son existence sans toutefois connaître son identité, mais grâce à madame Chevalier je la possède désormais : Marie Blanche.

Ma seule piste se prénomme donc Marie, ce qui pose un problème, car en tant que témoin protégé, il me sera extrêmement difficile d'obtenir son adresse et de l'approcher.

Les jours suivants, après quelques vaines tentatives de ma part, je me vois à nouveau contraint de faire appel à Sakaido, mon détective privé, mais cette fois-ci ses recherches resteront infructueuses. C'est finalement Aline qui me sortira de l'impasse en faisant appel à son réseau personnel.

Aline n'a pas toujours été majordome de notre famille. C'est le genre de personnage aux mille vies. Bien qu'elle ne le mentionne qu'en cas de nécessité, je sais qu'elle possède de nombreuses connexions dans la police et l'armée et d'autres plus obscures. Aline ne parle jamais d'elle ni de son passé, mais ses compétences l'ont trahi à plusieurs reprises. À vrai dire, elle m'a sorti du pétrin plus d'une fois après que j'ai provoqué les mauvaises personnes, lors de soirées trop arrosées. Je me souviens encore de ces deux gorilles envoyés par le mari d'une de mes conquêtes. Mais surtout, je revois l'aisance avec laquelle Aline les avait maîtrisés, elle qui devait à peine peser la moitié de leur poids. Il avait ensuite suffi qu'elle leur chuchote à l'oreille pour qu'il rebrousse chemin la queue entre les jambes. Je n'ai jamais su ce qu'elle leur avait soufflé. Il n'y a pas à dire, c'est une formidable combattante et je la suspecte d'avoir fait partie des forces spéciales, enfin, quelque chose comme ça.

C'est donc par un biais pas très légal que j'obtiendrais le renseignement, pour la bagatelle de cent mille euros tout de même. Les informateurs d'Aline sont efficaces, mais pas très bon marché !

Bref, une fois en possession de l'adresse, établir le contact avec Marie ne sera pas plus simple. Lors de mes deux premières approches, celle-ci menacera d'appeler la police. Ce n'est qu'à la troisième qu'elle acceptera de me parler, après que son compagnon, un grand métis athlétique, m'ait collé une bonne droite dans le museau. C'est ainsi qu'elle m'invitera à entrer chez elle pour m'apporter les premiers soins.

— Asseyez-vous sur le canapé et faites-moi voir ça, me dit-elle.

Je retire le mouchoir ensanglanté de mon nez.

— Ouche ! Ça saigne beaucoup, c'est peut-être cassé, prévient-elle en grimaçant.

— N'exagère pas ! Ça saigne à peine et son nez est bien droit, réplique son compagnon.

— Je suis désolée, Édouard a tendance à être surprotecteur. Surtout depuis qu'on m'a annoncé que je suis enceinte !

— C'est ça… et tu pourrais aussi lui dire quel nom on va lui donner tant que tu y es ! rétorque Édouard.

Marie me place des bouts de coton dans les narines afin d'arrêter l'hémorragie.

— Félicitations à vous deux et enchanté de faire votre connaissance Édouard, malgré les circonstances, dis-je, d'une voix de canard provoquée par mes cloisons nasales obstruées.

Je tends la main à Édouard et tente de me présenter, mais ce dernier refuse et me coupe net :

— Écoutez, dès que votre nez s'arrête de saigner, vous sortez de chez nous et je ne veux plus jamais vous voir. Je ne sais pas comment vous avez fait pour vous procurer notre adresse, mais nous ne souhaitons pas avoir affaire à la presse, c'est bien compris ?

— Ah ! Mais il y a mal entendu, je ne suis pas journaliste.

Marie, curieuse, fronce les sourcils :

— Mais si vous n'êtes pas journaliste, qu'êtes-vous au juste ?

C'est l'ouverture que j'attendais. Si je la joue fine, j'obtiendrai peut-être quelques informations.

— Eh bien, on peut me voir comme un milliardaire en quête de sensations fortes qui s'intéresse à…

Édouard, pris d'un rictus, me coupe :

— Vous, un milliardaire ? On dirait que vous vous êtes habillé dans la friperie du coin.

— Vous allez rire, mais… c'est justement le cas… c'est pour la couverture, dis-je pour le moins embarrassé.

— Tu n'avais peut-être pas tord Marie, j'ai dû le frapper un peu trop fort. Monsieur a perdu la raison, se moque Édouard, en tapotant nerveusement le sol du pied gauche.

— Peut-être dit-il la vérité, rétorque Marie.

— Mais…

— Laisse-lui une chance de le démontrer, coupe-t-elle.

Je profite de l'occasion pour sortir de ma poche le seul objet de valeur dont je ne me sépare jamais, la montre de mon père.

— Je sais que cela ne prouve rien, mais voilà, dis-je en tendant l'objet à Marie.

Marie regarde rapidement ma montre avant de le passer à son compagnon, qui commence à l'observer sous toutes ses coutures.

— Tu penses que c'est une vraie ? lui demande-t-elle.

— Oui, sans aucun doute, c'est un ancien modèle de Rolex, assez rare, il vaut bien plus que son pesant d'or, répond Édouard.

— Je vois que Monsieur est un amateur, lui dis-je.

— Disons que dans une autre vie, une de mes connaissances vendait des contrefaçons. Il m'a appris deux ou trois choses sur ces montres.

— Il disait donc vrai ! lance Marie.

— Ça, ou alors c'est un piège du cartel ! réplique aussitôt Édouard.

— Le cartel ? demandé-je, interloqué.

Marie poursuit sans me répondre :

— Édouard, tu les connais mieux que quiconque, tu crois vraiment que c'est leur façon d'agir ?

— Non évidemment, nous serions déjà morts, mais je ne prendrai pas le moindre risque !

Ignorant cette fois Édouard, Marie se tourne vers moi :

— Vous voulez donc nous poser des questions sur le massacre du

29.

— Oui, c'est bien ça ! lui dis-je le plus simplement du monde.

— Qu'avons-nous à y gagner ? demande-t-elle.

— Mais, Marie ! insiste Édouard.

Marie lui lance un regard auquel aucun homme assez sensé n'oserait répliquer.

— Écoute, depuis que tu as démissionné, nous vivons sur nos réserves, et avec le bébé qui arrive…

Marie s'adresse de nouveau à moi :

— Alors, répondez ! Qu'aurions-nous à y gagner ?

— Je ne sais pas… de l'argent ?

— Combien ? insiste Marie, déterminée.

Soupesant les fonds préalablement investis dans mon enquête, j'établis la proposition suivante :

— Dix mille…

— Dix mille par question ! C'est à prendre ou à laisser, me coupe-t-elle en martelant sa réponse.

— Très bien… vous n'êtes pas facile en affaire, je commence à comprendre pourquoi vous avez survécu au 29.

— Je n'ai pas toujours été comme ça et vous venez d'obtenir votre première réponse, nous en sommes donc déjà à dix mille, dit-elle malignement.

— Mais ce n'était pas une question…

Marie fronce les sourcils.

— D'accord, d'accord ! Décidément, ce passe-temps commence à me coûter cher.

Édouard résigné à devoir suivre Marie, soupire.

— Bon très bien, mais à une condition, dit-il, nous ne ferons pas ça ici. Monsieur le milliardaire va gentiment nous conduire à sa demeure, de façon à ce que nous puissions vérifier la véracité de ses dires.

Marie acquiesce.

— Ce n'est pas tout, vous conduirez notre voiture, renchérit Édouard.

— Très bien, tout ce que vous voudrez, dis-je avec enthousiasme.

Édouard sort de la pièce et revient quelques secondes plus tard, avec une arme accrochée à un holster qu'il endosse et dissimule sous sa veste.

— Simple mesure de sécurité, me déclare-t-il. Mais je n'hésiterai pas à m'en servir une seule seconde si nécessaire !

Une petite heure s'écoule avant que nous atteignions ma résidence parisienne où ma majordome nous accueille comme il se doit. Mes convives se voient proposer de retirer leurs vestes, mais Édouard refuse, ce qui ne manque pas de piquer la curiosité d'Aline qui me lance discrètement un regard interrogateur. Je la rassure d'un clin d'œil dès que l'attention de mes invités se porte ailleurs. Marie est envoûtée par le luxe des lieux, mais étrangement, ce n'est pas le cas de Kane. De toute manière, le plus important, c'est que je sois désormais crédible à leurs yeux pour que la confiance puisse s'installer. Néanmoins, cela n'empêchera pas Marie de me faire ratifier une lettre sur l'honneur, stipulant l'accord précédemment évoqué.

Une fois ce préalable accompli, nous entamons la discussion à la façon d'une interview durant laquelle Aline nous apporte de quoi nous éclaircir la gorge. Édouard est le seul à ne pas toucher à son verre, signe que la suspicion n'est pas totalement levée.

Mes premières questions ciblent dans un premier temps L'Informaticien, puis s'orientent progressivement vers les évènements du 29. J'apprends ainsi que Édouard, Édouard Kane, pour être plus précis, se trouvait sur les lieux du drame ce jour-là, et ce en tant qu'agent infiltré dans le gang des Hoodsters. Il me détaille sa rencontre avec Marie, la fusillade, le fait qu'ils aient tous deux échappé de peu à la mort. Mais surtout, il mentionne à nouveau le terme « cartel ».

— Cartel ? Comme la mafia ? dis-je, dubitatif.

— Oui, c'est bien ça, « le cartel de la corde », confirme Édouard.

— Mais ce que vous me dites diffère totalement de la version officielle, vous vous en rendez compte ? lui dis-je.

— Évidemment et d'ailleurs, la véritable raison de ma mission était d'obtenir un maximum d'informations sur ce cartel. Nous suspections depuis longtemps les Hoodsters de se fournir en héroïne auprès d'eux et nous voulions exploiter cette connexion.

Déboussolé par les révélations d'Édouard, j'essaie de remettre de l'ordre dans mes idées :

— Donc si je résume, le gang des Hoodsters n'est pas responsable du massacre du 29, ils ne font que porter le chapeau pour le cartel de la corde. J'ai tout de même dû mal à avaler le fait que les journaux n'aient pas eux accès à cette information. J'ai même réussi à mettre la main sur une copie du rapport de police, et vous pouvez me croire quand je dis qu'il n'y ait fait aucune mention d'un « cartel » !

— Il a été censuré, réplique Kane, nous avons reçu des consignes de nos supérieurs pour que toute citation du cartel de la corde soit retirée.

— Vous voulez dire que vos supérieurs ont été soudoyés par la mafia ?

— C'est peu probable, on n'achète pas la SIAT comme ça et puis pour que tout le monde s'y soit plié sans broncher, c'est que les directives venaient de bien plus haut, c'est évident. Cette directive a poussé les plus droits d'entre nous à démissionner, comme moi.

— Mais… lors du procès du gang des Hoodsters, il y en a bien un qui va parler non ? dis-je, agacé.

— Vous le pensez vraiment ? Mettez-vous à leur place deux minutes, ce serait condamner vos proches à une mort atroce, puis attendre avec angoisse le jour où au détour d'un couloir vous vous feriez poignarder à coups de stylos, répond Édouard, implacablement.

Édouard m'explique alors sa théorie sur l'affaire, me raconte ensuite l'épisode de la poupée et termine sur l'énigmatique artefact, celui que L'Informaticien aurait dérobé au cartel, déclenchant ainsi le massacre.

— Je vois, je crois bien que j'ai encore plus de questions qu'avant, le mystère s'épaissit, dis-je, désabusé.

— Je crains que vous deviez y trouver vous-même les réponses, car vous en savez désormais autant que nous, commente Édouard.

— Merci pour vos conseils, lui dis-je.

Édouard se frotte le menton un instant puis reprend avec un ton grave :

— Écoutez, si vous tenez vraiment à remuer ce merdier ça vous regarde. Mais ne mentionnez jamais nos noms à qui que ce soit, c'est compris ? Je suis très sérieux !

— Très bien, ne vous en faites pas, je tiendrai parole, quant à l'argent, ma majordome va tout arranger, vous allez immédiatement percevoir un acompte en liquide, le reste vous sera livré sous la forme que vous désirerez.

— Très bien ! conclut Marie, en me tendant une poignée de main.

Je saisis la main frêle de ce petit bout de femme, puis c'est au tour de Kane de me tendre la main. Ce dernier m'adresse un ultime avertissement.

— J'espère que vous savez dans quoi vous mettez les pieds, car je crains que tout l'argent du monde ne suffise à vous en protéger. Si vous êtes vraiment un amateur de sensations fortes, vous allez être servi ! conclut-il.

XVIII — Préparations

Son regard me fixe depuis l'autre coin, au travers de filets de vapeur se dégageant de son corps échauffé, matérialisant sa détermination. L'air éjecté de ses narines dans le froid du gymnase lui donne l'aspect d'un dragon. C'est l'homme que je m'apprête à affronter.

Il m'apparaît comme redoutable, intimidant. Je monte pour la toute première fois sur le ring des amateurs, alors que lui affiche déjà un décompte de trois victoires pour une défaite. Ce n'est certes pas un palmarès impressionnant, mais face à l'inexistence du mien, c'est comparer nuit et jour. Ça ne fait aucun doute, ce soir c'est bien moi le challenger.

L'arbitre nous invite à rejoindre le centre du ring, désormais nos regards ne se lâcheront plus. Le premier à le détourner perdrait un affrontement mental décisif. Tout autour de nous, le public venu assister au gala de boxe commence à s'enflammer. En face, les cris d'encouragement pour mon adversaire sont légion, alors que derrière moi, mon unique supporter présent, Aline, reste silencieuse. Durant un instant, je l'imagine s'égosiller telle une pom-pom girl. L'idée me fait esquisser un sourire, ce qui ne manque pas d'agacer mon opposant. Je ne saurais dire si c'est une bonne chose, mais cela aura au moins eu le mérite de me détendre.

En y réfléchissant bien, Aline m'a encouragé à sa façon quelques minutes plus tôt. Alors que j'étais en train de relâcher la pression en m'échauffant dans le vestiaire, elle m'a sobrement conseillé d'appliquer ce que j'avais appris et que tout se passerait pour le mieux. Un peu cliché, mais réconfortant.

Soudainement, le gong sonne, déclenchant chez moi un pic d'adrénaline à m'en faire sortir le cœur de la poitrine, le premier round vient de démarrer ! Mon adversaire m'observe quelques secondes avant de foncer sur moi. Le bougre ouvre le bal en m'envoyant deux directs du gauche au visage, tous deux stoppés par ma garde. Il recule ensuite puis revient aussitôt à la charge avec un enchaînement de crochets ciblant mes flancs. Heureusement, ses coups ne rencontrent que mes avant-bras qui couvrent par pur automatisme mon foie et ma rate. Il frappe alors mon abdomen, probablement pour me faire baisser la garde. Il applique parfaitement la théorie, une théorie que j'ai également apprise à la dure face à mon entraîneur, Jacky.

Il y a maintenant presque une année, suite à mon entretien avec Marie et Édouard et leurs nombreuses mises en garde face aux dangers auxquels je m'exposais, j'ai pris conscience de ma vulnérabilité. En outre, je n'avais pas grand-chose à faire, mon enquête sur la destruction des preuves incriminant le cartel n'avançait que mollement. Prudence et discrétion étaient de mise, je procédais de manière itérative et toujours de la même manière : dénicher un haut gradé prêt à parler moyennant finance au sein des services de police que je pensais impliqués.

Pour cela, je chargeais Sakaido de pêcher le bon poisson, un poisson de préférence endetté jusqu'au cou. Ensuite, il fallait trouver le moyen d'établir le contact. La plupart du temps, je me faisais passer pour un journaliste prêt à payer une forte somme pour obtenir un témoignage anonyme. Je n'employais jamais l'expression pot-de-vin, mais parlais plutôt de bon procédé ou encore de prime de risque, et toujours avec le plus grand tact possible. Car, un haut fonctionnaire véreux saura reconnaître ses semblables sans toutefois admettre qu'il en est un lui-même. Avec un peu de chance, les informations ainsi récoltées me permettaient de remonter au maillon supérieur. C'était un travail de longue haleine, mais peu chronophage. Je devais surtout faire preuve de patience et d'opportunisme.

C'est pourquoi j'ai décidé de consacrer ce temps libre à la pratique d'un art martial et pour cela j'ai une fois de plus demandé conseil à Aline. C'est elle qui m'a orienté vers la boxe anglaise.

« C'est certainement le sport de combat le plus efficient pour apprendre à se défendre dans un court laps de temps », disait-elle.

Je dois bien admettre qu'elle n'avait pas tort, toutefois elle n'avait pas mentionné que c'est également un des sports de combat pour lequel l'entraînement est le plus éprouvant, aussi bien mentalement que physiquement.

Bien sûr, je m'en suis rapidement rendu compte par moi-même après avoir embauché un coach personnel. Une autre connaissance d'Aline, un certain Jacques Marciano : ancien boxeur professionnel. Son palmarès de 49 victoires, dont 16 par KO et 2 défaites, n'a rien d'une plaisanterie. Après avoir presque atteint le sommet de la WBC, il s'est vu forcé de raccrocher les gants en raison des symptômes du « punch-drunk », un syndrome provoquant des pertes de mémoire et de repères dans le temps.

La première fois que je l'ai rencontré, j'ai tout de suite senti qu'il avait une sorte de mépris à mon égard. Pour lui, je n'étais clairement qu'un sale gosse de riche s'étant mis en tête d'apprendre la boxe par caprice. Pour être franc, il n'avait pas tout à fait tort, de plus il était difficile de déceler un quelconque potentiel en moi au vu de ma condition physique déplorable, elle-même due à une hygiène de vie lamentable.

Toutefois, alors qu'il devait penser que j'allais abandonner au premier effort, j'ai tenu bon ! Je lui ai démontré que je possédais un minimum de ténacité. Après quelques jours, son regard sur moi avait déjà changé et il semblait même prendre plaisir à venir me torturer chaque matin. Rapidement, je l'ai surnommé Jacky tandis que lui m'appelle Nabab, ma foi c'était de bonne guerre.

La première étape de mon entraînement s'étala sur cinq mois, elle consistait à bâtir le physique et l'endurance nécessaire à la pratique de la boxe, ce qui ne fut pas une mince affaire. Le régime était simple, musculation, corde à sauter, course à pied et escalade. Pour cette dernière, je dus réaménager le jardin et y implanter une structure en bois de dix mètres orné de prises de toutes sortes. J'entrepris également d'installer un ring dans le sous-sol de la villa, mais il n'allait pas servir dans l'immédiat, à mon grand désarroi.

Lors des différents exercices, l'objectif n'était pas de réussir à réaliser tant de pompes ou courir tant de kilomètres. Non, il fallait tout d'abord atteindre la phase d'épuisement, celle qui fait vraiment mal. C'est seulement là que je commençais à compter, cherchant à tenir le plus longtemps possible avant de me retrouver complètement à vide. De cette façon, je repoussais constamment des limites qui m'étaient propres.

Il est évident que la rééducation que j'avais subie à la sortie de mon coma m'avait forgé une certaine ténacité et qu'en quelque sorte, cela m'avait préparé à cet entraînement rigoureux. Sans cela, j'aurais été incapable de surmonter un tel challenge physique et mental.

Concernant mon emploi du temps, tout était réglé comme une horloge, je pratiquais le sport six jours sur sept, en alternant les exercices sur différents groupes musculaires. Une sorte de rotation favorisant la régénération des tissus musculaires et tendineux, afin d'éviter les blessures. En parallèle de cela, j'avais opté pour une alimentation saine, un nutritionniste se chargeait de la préparation de mes plats en prenant en compte mon entraînement. Malgré cela, je souffrais systématiquement de courbatures et pour continuer jour après jour, je dus faire appel à un kinésithérapeute doublé d'un ostéopathe à chaque fin de séance.

Au terme des cinq mois, mon corps avait déjà subi une petite métamorphose, j'avais perdu plus de dix kilogrammes. Des zones autrefois graisseuses de mon corps commençaient à émerger des muscles légèrement sculptés. Pas de quoi se présenter au concours de Mister Univers, mais suffisamment pour titiller mon narcissisme devant une glace.

Avant de m'annoncer la suite du programme, Jacky me fit part de son scepticisme des débuts et me félicita d'une bonne grande tape dans le dos qui me fit presque tomber à terre. Ses encouragements maladroits me donnèrent des ailes, je me sentais prêt à déplacer des montagnes, mais je n'allais pas tarder à déchanter. L'assurance nouvellement acquise laissa place au doute et à l'hésitation lorsque Jacky m'invita à le rejoindre sur le ring.

Là, il me demanda de tout donner durant une minute, je devais le cogner sans aucune retenue et sans qu'il riposte. Je m'en donnais alors à cœur joie, je pouvais enfin relâcher toute cette frustration accumulée au cours de ces ignobles entraînements. Bien sûr, il esquivait facilement la plupart de mes assauts en bougeant à peine, mais certains parvenaient à atteindre sa garde. Au bout de quelques secondes, il la baissa et me laissa le frapper au visage et au buste. Mes coups paraissaient n'avoir aucun effet sur lui. Rapidement, je commençais à ressentir une sorte de pression, je l'attaquais, mais il avançait doucement vers moi. Avant que je ne puisse m'en rendre compte, j'étais acculé dans un des coins du ring. Une simple feinte de ses épaules me fit me recroqueviller et fermer les yeux.

« La plus grande partie de la force ne provient pas des bras, mais des appuis, du transfert et de l'explosivité », m'avait-il enseigné, sur un ton solennel.

C'était ma toute première leçon de boxe et je venais de prendre une bonne dose d'humilité, ce qui n'était pas un mal je dois bien l'admettre. Il n'y avait aucun tour de magie là-dedans, si ce n'est un fossé énorme entre son mental et le mien, sans même parler de technique. Jacky m'avait donné un avant-goût de ce qui allait m'attendre durant les prochains mois.

Moi qui avais tant voulu mettre les gants j'allais être servi, car, les semaines suivantes, à mon menu quotidien s'ajouteraient des exercices pratiques afin d'assimiler les notions de base de la boxe anglaise.

Tout d'abord, déplacements et retraits, esquive et garde, blocage et chassé du poignet : une méthode efficace visant à dévier un coup en appliquant une petite pichenette sur l'extérieur du gant de l'adversaire. Toutes des techniques dites défensives ou plutôt de préparation à la contre-offensive, car, comme me le rabâchait sans arrêt Jacky : « le principe fondamental de la boxe c'est de donner des coups sans en prendre ! ». Après vinrent les attaques avec les directs bras avant et arrière, puis les crochets et uppercuts. La finalité de cet apprentissage était de combiner toutes ces techniques en une multitude d'enchaînements plus ou moins complexes.

Les exercices étaient fastidieux, je devais sans cesse répéter les mêmes combinaisons. À devoir frapper encore et encore les mitaines de Jacky jusqu'à n'en plus pouvoir, de façon à ce qu'elles s'impriment littéralement dans mon cerveau, ma mémoire musculaire.

Après deux mois, une fois que Jacky jugea ma technique suffisante, je pus regagner le ring pour effectuer des rounds de deux ou trois minutes.

Les premières semaines, Jacky fut mon seul et unique adversaire. Bien évidemment, il retenait ses coups, montrait volontairement ici et là une ouverture pour que je la saisisse. À tout moment, il aurait pu me mettre KO d'un simple direct à la tête où à l'abdomen, mais il ne le fit jamais, ce n'était pas l'objectif. Bien sûr parfois je prenais un coup punitif pour avoir baissé ma garde ou levé le menton trop haut. Ces petites réprimandes, bien que retenues, me secouaient terriblement par leur timing et précision frôlant la perfection. Avec le temps, je commençais à développer un complexe d'infériorité légitime, de quoi me donner une attitude trop défensive. C'est pourquoi Jacky commença à faire venir différents boxers amateurs de son propre club. Bien sûr, la majorité d'entre eux me surpassait dans tous les aspects de la boxe, mais le fossé était bien moindre qu'avec Jacky, ce qui me permit de reprendre confiance en moi.

C'est assurément une facette de Jacky qui me fascine, il a appris à me connaître et sait parfaitement comment s'y prendre avec moi. Il est sans le moindre doute bien plus doué que le psy que je paie à prix d'or depuis mon réveil.

Au fur et à mesure des semaines, des rounds et des différents partenaires d'entraînement que j'affrontais, je découvrais de nouveaux traits de ma personnalité. Je ne saurais dire si j'étais mentalement plus fort que je ne l'avais imaginé ou si je le devenais. Je craignais de moins en moins de devoir monter sur le ring, d'y échanger des coups. Je commençais même à y prendre plaisir, attendre le bon moment, chercher l'ouverture, trouver le talon d'Achille de mon adversaire, je me sentais comme un gladiateur dans une arène.

Après les entraînements, nous débattions longuement avec Jacky et l'invité du jour. Nous commentions nos combats, nos erreurs et nos réussites, dans une sorte de fraternité que je n'avais encore jamais connue auparavant. Le genre de convivialité qui vous réchauffe le cœur et vous redonne foi en l'humanité.

Les jours filèrent de plus en plus vite et un beau matin, Jacky s'approcha de moi un formulaire à la main.

— Tu es prêt maintenant !

Hagard je lui demandais :

— Prêt, mais pour… quoi ?

Il me répondit avec un air très sérieux :

— Pour ton premier combat amateur pardi !

C'est une chose que je n'avais pas envisagée une seule seconde, mais en l'entendant, c'était la suite logique à mon entraînement, une sorte de rite de passage.

C'est ainsi que je participe à ce gala de boxe sous les couleurs du club de Jacky. Ce bougre a eu un empêchement de dernière minute et s'est contenté de me dire par téléphone de ne pas baisser ma garde et de dominer le centre du ring. Tout de même, je n'aurais pas craché sur un peu de soutien ! Mais je ne lui en veux pas, après tout c'est grâce à lui si je me trouve sur le ring aujourd'hui.

Mon adversaire m'arrose de coups, que j'esquive ou bloque pour la plupart, certains m'atteignent, me font reculer, mais jamais chavirer, rien que je ne saurais gérer. Sans commettre l'impaire de sous-estimer mon adversaire, ses attaques sont en tout point inférieures à celles de Jacky et dans une moindre mesure, il en va de même pour tous les sparring-partners avec lesquels je me suis entraîné ces derniers mois. Il n'y a pas à dire, Jacky sait vraiment ce qu'il fait.

Confiant, mais prudent j'observe, j'étudie mon adversaire derrière une garde serrée, je capte ses habitudes, ses crochets droits sont larges et lorsqu'il les lance, son poing gauche censé couvrir sa mâchoire a tendance à descendre. Mais cela ne suffira pas, pour exploiter cette faille, je devrai patienter jusqu'à la prochaine occasion, la sentir venir. Je pense déjà flairer une piste, elle ne demande qu'à être confirmée, je crois qu'il utilise régulièrement la même combinaison de coups. Gauche, droite, pas en avant uppercut, crochet droit puis retrait sur un direct du gauche. Oui ! C'est bien ça. Je reste sur la défensive jusqu'à la fin du round afin de bien mémoriser son timing.

La cloche sonne, je n'ai pas pris de coup franc et j'ai réussi à gérer ma dépense d'énergie. Durant la minute de repos, je réfléchis à la meilleure façon de contrer son crochet. La réponse me vient comme une évidence… mais je n'ai pas le temps de détailler mentalement mon plan, car le deuxième round commence déjà.

J'attends patiemment l'arrivée du crochet de son enchaînement. Malgré une esquive parfaitement exécutée, je rate le timing à deux reprises ce qui me coûte un direct du gauche en pleine poire à chaque échec. Finalement, je parviens à passer sous son crochet lors d'une troisième tentative, et cette fois avec suffisamment de vitesse et d'explosivité pour lui placer un uppercut sous le menton, auquel je fais succéder un crochet à la tête. Je recule d'un pas, son regard est vitreux, je décide de revenir à la charge aussitôt en lui envoyant un uppercut en tiroir dans le foie, que je m'empresse d'enchaîner d'un crochet à la tête. Ce dernier ne touche pas sa cible, car mon adversaire tombe à genoux. L'arbitre s'interpose et le décompte commence.

Bien qu'il ne figure qu'à genoux, son teint est pâle, mon coup dans le foie était effectif. L'arbitre observe du coin de l'œil mon opposant avant de stopper le décompte et de m'annoncer vainqueur.

Les applaudissements et félicitations fusent pour moi et mon adversaire, se relevant assisté de son second. Une fois sur ses pieds il s'approche de moi et me tend la main qu'il vient de dévêtir, je la serre aussitôt de mes deux gants. Je peux lire la déception sur son regard, il contrôle comme il peut ses émotions, mais désormais plus aucune tension ne subsiste entre nous. Il quitte le ring après une accolade amicale.

Quant à moi, quelle satisfaction, quelle joie ! Je n'ai jamais ressenti cela auparavant. Rien de ce que j'ai vécu jusqu'à présent n'approche ce que j'éprouve, pas même tous mes caprices de milliardaire réunis. Pourtant ce n'est qu'un combat amateur avec quelques dizaines de spectateurs.

Je cherche Aline du regard et la trouve avec son téléphone portable à l'oreille, elle me fait un signe de la main pour me féliciter.

Quelques minutes plus tard, je retrouve mon ancien adversaire. Celui-ci m'invite tel un camarade de longue date à l'accompagner à la buvette en me passant le bras par-dessus l'épaule. C'est étrange, moi qui n'aime habituellement pas que la familiarité s'installe rapidement. Là, je ne suis pas indisposé. Nous ne nous connaissons pas depuis une heure et pourtant, j'ai l'impression d'avoir passé plusieurs semaines avec cet homme, comme si le ring avait dilaté le temps.

Je vois Aline arriver de loin, elle s'approche et me chuchote à l'oreille :

— Monsieur, il semblerait que le gros poisson ait enfin mordu à l'hameçon.

— Décidément, c'est une belle journée ! dis-je en levant mon verre de mousseux.

XIX — L'histoire d'une vie

D'une jolie brosse d'ivoire et de crin, je coiffe tes longs cheveux dorés sans que tu ne grimaces. Ma belle, mon trésor, si ton corps était composé de chair, cette matière putrescible que j'abhorre, si tu l'étais, ce que je ne désire point, alors tu pourrais sentir une douce caresse te parcourir le cuir chevelu, car sois-en certaine, je m'applique avec une infinie délicatesse, mieux qu'aucune petite fille ne le ferait jamais.

Je me souviens encore du jour où je t'ai vu pour la première fois.

À cette époque qui me paraît si lointaine, je n'étais qu'un petit vagabond, un orphelin, héritage de la guerre de Bosnie. Comme d'autres, j'avais préféré la rue aux orphelinats de fortune établis juste après la guerre. Toutefois, cette liberté avait un prix, la rue est une jungle avec ses ressources et ses prédateurs et pour un enfant, apprendre à y vivre n'est pas une mince affaire. Dans ce milieu les vrais amis sont rares et accorder sa confiance, un pari risqué. À tout moment, l'on encourait l'enlèvement, nous étions du pain bénit pour les réseaux pédophiles et de trafic d'organes, qui nous savaient vulnérables.

Bien que j'eus très tôt conscience de toutes ces choses, cela ne me préoccupait guère. Toute mon attention était portée à survivre, dénicher un endroit où passer la nuit et de quoi me nourrir.

Ce jour-là justement, je déambulais sur le marché de Markale à Sarajevo. Là même où deux années plus tôt, mes géniteurs avaient trouvé la mort, déchiquetés par un obus. Je rodais donc au milieu des passants, mettant mes compétences de pickpocket à l'épreuve en faisant les poches des pauvres bougres.

C'est ainsi qu'au fond d'une allée, derrière la vitrine de l'antiquaire qui t'exposait, ton teint pâle, bien que subtilement rosé, a capté mon attention. J'ai avancé vers toi, découvrant à chaque pas un peu plus de ta splendeur envoûtante, d'une pureté contrastant avec la laideur du monde. Je me suis approché jusqu'à écraser mon visage contre le verre pour mieux t'admirer. Tu portais alors ta robe de soie, d'un azur semblable au bleu de tes iris. Ta tête était coiffée d'un simple ruban et une paire de souliers noirs cirés ornaient tes petits pieds. Tu apparaissais comme une Alice ayant échoué dans un monde qui n'avait rien de merveilleux.

Avec l'imagination propre aux enfants, je me suis inventé des histoires dans lesquelles je t'aidais à retrouver ton pays des merveilles. Chaque matin, je venais te voir et nous vivions d'incroyables aventures ensemble. Puis un jour, tu n'étais plus là. Décidé à comprendre, j'entrais alors dans la boutique de laquelle l'antiquaire me chassa violemment, déniant me donner la moindre explication. Le choc fut terrible, mais je me résignais. Que pouvait bien faire un jeune orphelin sans aucune emprise sur ce monde ?

Sans que je t'oublie, les années passèrent. Entre temps, nous avions formé une petite bande avec les autres orphelins des quartiers voisins.

Je n'avais pas le physique d'un bagarreur, mais mon intellect et ma détermination bien supérieurs à ceux de mes camarades me firent naturellement prendre le rôle de chef. J'étais également le plus âgé et avais par conséquent bénéficié d'une éducation, je savais donc lire et écrire, ce qui asseyait un peu plus mon autorité. Les mois passants, les orphelins des quartiers plus éloignés vinrent grossir nos rangs, et de cette bande des rues, émergea peu à peu un gang. Du vol à la tire et vente de cigarettes, nous évoluions ainsi vers le cambriolage, le trafic de drogues douces et le recel d'armes à feu de petit calibre.

Le jour de mes dix-sept ans, je me trouvais à la tête d'une véritable organisation criminelle dotée de filières et d'une hiérarchie bien établie. Nous possédions même des locaux où nous entreposions et produisions désormais notre propre marchandise, principalement de l'herbe.

Cette croissance spectaculaire attira bientôt la convoitise des gangs rivaux. Débutant par de petits conflits épars, la situation s'envenima pour nous faire basculer dans une guerre de territoires d'une brutalité à laquelle nous n'étions pas préparés. La leçon fut apprise à la dure, nombre des nôtres en payèrent le prix fort. Nous allions alors opérer une véritable métamorphose, il nous fallait être sans pitié, plus violents et cruels que nos ennemis. Aux oubliettes les codes et la déontologie ! Complots, assassinats, prises d'otages, désormais tout était bon. Dans l'ombre des ruelles et des décombres de la guerre passée, nous répétions à plus petite échelle l'histoire récente de notre ville. Cela dura deux années, deux années de barbarie qui nous transformèrent à jamais. À leur terme, nos anciens ennemis nous avaient soit rejoints, soit trépassés.

Mon organisation avait à présent fait main basse sur toute la cité et ses banlieues. À l'image de notre ville en pleine renaissance, il était temps pour nous d'élargir nos horizons. Réseaux de prostitutions, trafic d'armes automatiques et drogues dures en provenance d'Afghanistan ne me satisfaisaient plus, je voulais accomplir quelque chose de nouveau. En cela, l'avènement d'Internet fut ma pierre philosophale. J'avais rapidement perçu son potentiel et l'avenir allait me donner raison.

Sans compter, j'investissais dans des infrastructures informatiques. Je recrutais les meilleurs développeurs, ingénieurs réseaux et « hackers » du pays, en faisant parfois même venir de Russie. Sur ce nouveau terrain de jeu, nous étions l'avant-garde de la criminalité, avec l'apparition des monnaies numériques. À présent, tout était possible et nous propagions nos activités illégales sur le web avec une facilité déconcertante. Mais de toutes, celle qui se révéla la plus rentable fut notre plateforme de casinos en ligne. Baptisée « The golden spade ». Dans ce domaine précis, nous étions devenus les leaders du marché européen. Cerise sur le gâteau, cette activité légale nous permettait de blanchir l'argent de nos autres filières.

Ce succès fulgurant ne manqua pas à nouveau de nous attirer des regards, seulement les choses se passèrent différemment cette fois.

C'est un cartel majeur de la « French connection » qui m'approcha. Ayant eux-mêmes senti venir l'ouragan Internet, il s'y était essayé. Mais malgré d'importants investissements, leurs résultats étaient mitigés. J'étais bien placé pour le savoir, car leur casino en ligne avait été notre plus gros concurrent, sans pour autant avoir représenté une réelle menace. Ils avaient par conséquent décidé d'acquérir « The golden spade », un peu à la façon dont une multinationale rachèterait une licorne faisant concurrence à ses projets.

Toutefois, leur offre ne se cantonnait pas à notre casino en ligne. Il s'agissait d'absorber l'entièreté de notre organisation et donc, de nous faire jurer fidélité au Parrain du cartel. « Le cartel de la corde » comme on le surnommait, auquel j'allais devoir vendre mon âme et celle des miens.

C'était le genre de proposition que nous ne pouvions pas refuser, le cartel disposait de connexions bien plus développées que les nôtres. À tout moment, le cartel aurait pu faire pression sur nos fournisseurs d'armes à feu en Russie, ou sur nos producteurs d'opium en Afghanistan pour qu'ils cessent de commercer avec nous.

La rançon de la gloire venait frapper à notre porte, mais les choses n'étaient pas si sombres. De grosses sommes d'argent étaient en jeu, mais pas seulement. Une place de choix au sein de ce cartel majeur m'était offerte, une occasion unique d'entrer dans la cour des grands.

Un défi de plus à relever, dont la première épreuve fut la barrière culturelle et linguistique. Heureusement, je parlais couramment anglais, en effet, cela faisait déjà deux années que je prenais des cours particuliers. Une compétence devenue indispensable au bon développement de nos activités à l'international. Mieux encore, bien que je n'en maîtrise pas tout à fait l'écriture, je parle parfaitement français, un héritage de ma défunte mère.

Avant la guerre, ma mère, française, est venue étudier notre langue à Sarajevo. C'est là qu'elle est tombée amoureuse de son professeur, mon père, quelques mois après, je venais au monde. Aussi loin que je me souvienne, ma mère ne conversait avec moi que dans la langue de Molière. Si bien qu'à l'âge de sept ans, je parlais aussi bien le français que le serbo-croate. Qui aurait pu deviner que cela me servirait un jour.

Je devins donc lieutenant au sein du cartel de la corde. Je gardais la responsabilité de l'organisation que j'avais créée bien que celle-ci ne m'appartienne désormais plus, et je devais de plus gérer les sociétés de jeux en ligne du cartel. Ces dernières ne tardèrent pas à rencontrer le même succès que « The golden spade ». Je montais ainsi rapidement dans l'estime du Parrain et m'attirait bien entendu la jalousie de mon supérieur hiérarchique, le capitaine chargé des activités du cartel sur le dark web.

Un incompétent notoire connu sous le pseudonyme de « Muntagna », rapport à son imposante carrure. En coulisse, on le surnommait également « le bouffon du roi », car son seul mérite était d'être le cousin du patron. Il était réputé pour sa brutalité et son sadisme, attributs qui n'étaient pas rares dans ce milieu et dont je faisais moi-même preuve quand nécessaire. Toutefois, cet homme manquait cruellement de classe et d'intelligence et je ne comptais pas demeurer sous ses ordres éternellement. Le bouffon n'était qu'une pierre sur mon chemin, restait à déterminer si je devais la contourner ou l'éjecter d'un coup de pied sur le bas-côté.

Avant d'adopter une stratégie, je décidais d'en savoir plus sur mon rival, pour cela j'assignais mes trois meilleurs hackers à l'espionnage de ce dernier. Je leur demandais de porter une attention spéciale à ses infrastructures informatiques. Bien sûr, nous aurions pu nous faire repérer. Pour autant que le bouffon fut un incompétent, il avait eu le mérite de s'entourer d'informaticiens qui eux ne l'étaient pas. Malgré tout, j'avais confiance en mon équipe et le risque me semblait mesuré. De plus, bien que placée sur un réseau séparé, l'infrastructure des jeux en ligne dont j'avais la responsabilité se situait dans les mêmes locaux que celles du bouffon. Nous avions donc un accès physique justifié aux salles serveur se trouvant en Russie, même si pour cela nous devions prendre l'avion jusqu'à Moscou, terre d'asile de la cybercriminalité.

L'espionnage porta rapidement ses fruits : codes d'accès administrateurs, base de données, comptabilité étaient autant de sources d'informations auxquelles j'avais accès, jusqu'à son ordinateur personnel. Je découvrais au passage ses travers les plus sombres. Des vidéos dans lesquelles on le voyait battre à mort des prostituées, dont la plupart, devaient être mineures. Parmi tous les tarés que j'avais fréquentés jusqu'alors, celui-ci se hissait aisément dans le top dix des plus pervers.

Ces enregistrements n'avaient aucun intérêt. Muntagna était déjà recherché pour nombre de crimes, pour lesquels dix vies n'auraient pas suffi à l'expurger aux yeux de la justice. Autant le livrer directement à la police, mais dans notre milieu on ne balance pas, c'est une question de déontologie, d'amour propre. Le choix le plus évident était de démontrer son incompétence au patron et pour cela, rien de mieux qu'une petite mise en scène.

J'optais alors pour un sabotage de quelques-uns de ses serveurs. Pour ce faire, mon équipe dégrada le niveau de sûreté des pare-feux, antivirus et correctifs de sécurité. Livrant ainsi ses serveurs en pâture aux premiers pirates qui découvriraient ces failles.

Les dommages infligés devaient bien entendu être calculés, suffisants pour décrédibiliser Muntagna sans toutefois mettre l'organisation en péril. À cette fin, j'avais minutieusement sélectionné les serveurs que mon équipe allait saboter. La majeure partie de ces machines hébergeait du contenu pornographique payant, ainsi que d'innombrables portefeuilles de cryptomonnaie s'estimant à plusieurs dizaines de millions d'euros.

Il y avait également ce serveur plus sécurisé que la moyenne. Ce dernier ne comportait qu'un seul et unique programme nommé « Cæs9anwjblrcda » que nous appelions « Caes9 » pour simplifier son inintelligible prononciation. Ce script, quand il était exécuté, générait automatiquement un numéro de téléphone toutes les minutes qui était enregistré dans un fichier de log.

Bien qu'intrigué, j'interdis formellement à mon équipe de composer un des numéros générés. Cela aurait pu être un piège, et je préférais donc déléguer cette besogne au pirate qui tomberait dessus. Par acquit de conscience, je demandais qu'un troyen soit intégré au programme pour pouvoir pister l'éventuel futur utilisateur.

Deux longs mois s'écoulèrent avant que quelqu'un ne s'infiltre sur le réseau. À ma grande surprise, ce ne fut pas par l'une des portes que nous avions laissées ouvertes, mais par l'intermédiaire du smartphone de Muntagna. Ce dernier, victime d'un « fishing » en bonne et due forme, eut le malheur de recharger son smartphone sur le port USB d'une machine connectée à son réseau. Cet imbécile s'était tiré une balle dans le pied tout seul.

Bien sûr, le pirate profita pleinement des faiblesses que nous avions créées. Avant même que l'équipe de Muntagna ne découvre l'intrusion, les vidéos pornographiques furent effacées, les comptes de monnaies virtuelles vidés et l'exécutable « Caes9 » téléchargé et retiré du serveur. Tout s'était déroulé selon mes plans, le pirate avait tout raflé. En prime, je n'aurais qu'à attendre qu'il lance le programme « Caes9 » pour le localiser et dès lors venir au secours de l'organisation, de quoi monter un peu plus dans l'estime du Parrain. Je capitalisais ainsi sur le malheur que j'apportais.

Le jour suivant la cyberattaque, je fus convoqué à une assemblée exceptionnelle, à laquelle tous les capitaines se devaient d'être présents physiquement. Une sorte de table ronde du grand banditisme présidée par notre Parrain. J'étais le seul lieutenant à être convié et malgré les précautions que j'avais prises, je n'étais pas tout à fait tranquille. Je me tenais debout derrière Muntagna qui occupait un des douze fauteuils de la table. Lui-même se trouvait à la droite du Parrain, ce qui en disait long sur sa position au sein de l'organisation. En dépit de cela, le bouffon du roi n'était pas plus serein que moi. Il savait que cette convocation exceptionnelle le concernait directement, et s'attendait probablement au déshonneur d'être déchu de ses responsabilités.

Le Parrain fit dans un premier temps un bilan comptable des pertes financières engendrées par la cyberattaque. Comme prévu, celles-ci s'estimaient à plusieurs dizaines de millions d'euros. Une perte conséquente, mais pas de quoi ébranler une organisation dont le chiffre d'affaires excède le milliard par an. Une fois qu'il eut terminé, il établit calmement la responsabilité du désastre à Muntagna, qui acquiesça sans sourciller.

C'est ainsi que le verdict tomba : le Parrain fit signe de la main à un de ses gardes du corps. L'homme en question ouvrit une valise qu'il tenait auparavant et en sortit une corde qu'il présenta à Muntagna. Ce dernier demeura médusé un instant, puis s'adressa à son cousin en balbutiant son incompréhension. La réplique qu'il obtint est restée gravée dans ma mémoire : « C'est l'ultime choix que je t'offre ! Mets fin à tes jours dans l'honneur, ou dans la honte meurs ».

Après d'interminables secondes de mutisme, durant lesquelles il connut assurément toutes les phases psychologiques menant à la résignation, Muntagna se déchaussa. Il monta ensuite sur la table, et saisit la corde qu'on lui tendait pour la fixer à un crochet se situant au plafond, objet que je n'avais pas encore remarqué. Aucun doute là-dessus, Muntagna avait déjà assisté à cette scène auparavant, mais cette fois-ci, il allait en être le protagoniste.

Le condamné me lança un regard froid tout en se passant la corde au cou, une façon de dire que je serais peut-être le prochain, puis il pressa un bouton se trouvant à proximité du crochet. Aussitôt, la partie centrale de la table s'ouvrit sous ses pieds comme une trappe. Par malchance, son imposante carrure ne suffit pas à lui rompre le coup et son agonie s'étira sur deux longues minutes. Sans attendre, le Parrain m'invita à occuper le siège désormais libre. C'est ainsi que je prenais place sous les yeux injectés de sang de mon prédécesseur. Je ne pus m'empêcher de discrètement lui esquisser un sourire avant qu'il ne s'éteigne pour de bon.

J'ai vu et commis de nombreuses atrocités au cours de ma vie, dont la torture physique et psychologique, mais je dois bien avouer que je n'avais encore jamais assisté à une scène d'un tel sadisme. Je comprenais désormais d'où venait le nom du cartel, et en apprenait au passage davantage sur la personnalité du Parrain. L'erreur n'était pas une option, pas même pour son propre sang.

Après avoir suivi le rituel du tatouage, officialisant mon passage au rang de capitaine du cartel, je fus invité à dîner avec le Parrain. Au cours du repas, il souligna à plusieurs reprises ma nouvelle priorité : recouvrer le logiciel « Caes9 » et de préférence avant que ce dernier ne soit exploité. Le Parrain restait toutefois réaliste, avec les informations dont nous disposions, ma réussite devait lui paraître peu probable. Durant notre discussion, j'essayais de glaner quelques renseignements sur le programme en question, mais il ignora purement et simplement mes requêtes en changeant chaque fois de sujet. Par prudence, je n'insistais pas, de crainte d'éveiller ses soupçons.

De toute évidence, j'avais gravement sous-estimé la valeur de ce script, cela ne faisait plus aucun doute, c'est sa perte qui avait coûté la vie à Muntagna. Si j'arrivais à le recouvrer, je confirmerais ma place en tant que nouveau second du cartel. Mais plus important encore, tous ces mystères avaient aiguisé ma curiosité, je devais savoir de quoi il retournait.

C'est au moment de nous quitter qu'il m'offrit le plus beau présent que l'on puisse me faire. Il avait eu vent de la recherche viscérale que je te dédiais depuis plusieurs années, sans succès. Mais lui t'a trouvé en si peu de temps, je n'ose imaginer la débauche de moyens humains et financiers que cela a pu coûter. Je ne pense pas qu'il mesure l'importance de ce qu'il a accompli. Pour lui, ce n'était qu'une façon de renforcer ma loyauté et faire étalage de son pouvoir. Ce pouvoir capable de séparer, de réunir et qui me renvoyait au petit garçon démuni que j'avais été jadis. Combien de chemin avais-je parcouru depuis cette époque, quelle emprise avais-je désormais sur le monde ? Jusqu'où irais-je à tes côtés ?

La suite, mon Alice, tu la connais. Les évènements me menèrent à celui qu'on allait plus tard surnommer « L'Informaticien ». Après que ce dernier ait activé le programme « Caes9 », le troyen installé par mon équipe fit son œuvre et nous pûmes rapidement le localiser et l'identifier.

Bien sûr, chaque minute passée risquait de voir L'Informaticien appeler l'un des numéros générés. C'est donc dans la précipitation que je montais une opération destinée à recouvrer le programme et éliminer L'Informaticien. Pour augmenter mes chances, je décidais de déployer une équipe sur chacun des lieux où il était le plus probable de le trouver : son domicile, son travail et la maison de ses parents.

Manquant d'hommes disponibles à ce moment précis, je fus contraint de compléter mes équipes avec ce que j'avais sous la main : des Hoodsters. Un gang local que nous avions récemment assujetti. Ce fut là une des plus grosses bévues de ma carrière, car l'un d'eux s'avéra être une taupe. Par chance, celui-ci ne faisait pas partie du groupe chargé de se rendre au domicile de L'Informaticien. La mission fut malgré tout un échec relatif.

L'Informaticien trouva la mort, mais réussit à emporter avec lui deux de mes meilleurs hommes. Je ne comprends toujours pas comment il a su que nous arrivions. Mais de toute évidence, il était prêt à nous accueillir. Tandis que je montais la garde avec Marko au pied de l'immeuble, les deux hommes que j'avais envoyés pour l'assassiner se sont fait prendre en embuscade. Alertés par le bruit de l'affrontement, Marko et moi sommes montés avec précipitation. L'ascenseur était occupé et nous avons dû emprunter les escaliers. À notre arrivée dans l'appartement, nous avons découvert les corps sans vie de nos camarades. À quelques mètres d'eux, L'Informaticien se trouvait assis sur le sol, adossé contre un mur, dans une mare de rouge. Une balle lui avait déchiré l'artère de la cuisse gauche. Il s'était vidé de son sang. Sa main droite inanimée serrait encore l'arme qui avait tué mes compagnons.

Pressés par le son des sirènes de police approchant au loin, nous n'avons eu d'autre choix que de laisser les corps sur place, n'emportant avec nous que l'ordinateur portable et le téléphone de la cible. C'est comme cela que nous avons su que le programme avait été utilisé. Le dernier numéro composé par L'Informaticien était un de ceux générés par « Caes9 », le fichier de log pour preuve.

Le Parrain fut clément à mon égard, considérant toujours Muntagna comme unique responsable. Après tout, j'avais réussi à éliminer l'auteur du piratage, accomplissant ainsi partiellement la tâche impossible qu'il m'avait confiée. De plus, malgré la tournure incontrôlée qu'avaient prise les évènements, la police n'avait, semble-t-il, pas fait le lien entre les Hoodsters et le cartel de la corde.

Je n'ai d'ailleurs jamais compris comment la police a pu écarter cette piste. Il y avait tant preuves : les corps de mes hommes, l'agent infiltré témoin direct de l'opération. Le Parrain avait-il graissé la patte de hauts fonctionnaires de police ? Si oui, pourquoi ne l'aurait-il pas évoqué ? Pour finir, je ne savais toujours rien à propos de ce maudit programme « Caes9 ».

Ces questions je me les pose chaque jour depuis maintenant trois ans, mais aujourd'hui, je vais peut-être enfin obtenir des réponses. Il y a quelque temps, un ripou de la SIAT m'a vendu l'information suivante : un homme, un jeune milliardaire serait en train de soudoyer de hauts fonctionnaires. Il chercherait à récolter un maximum de renseignements sur « le massacre du 29 ».

Cela signifie deux choses. La première serait que je ne suis pas le seul à penser que la SIAT a éludé les preuves impliquant le cartel. La seconde, cet homme sait peut-être de quoi retourne le programme « Caes9 ». J'ai donc immédiatement fait suivre ce nanti H24, et je viens d'apprendre qu'il va rencontrer un responsable de la SIAT, un certain Michel Rivière. Le temps de résoudre le mystère « Caes9 » est enfin venu.

XX — Escapade nocturne

Le soleil d'été venant de se coucher, nous roulons désormais à la seule lumière des phares au milieu de sombres et étroites routes de campagnes. Pour ne rien arranger, le revêtement de ces dernières n'est constitué que de terre et de caillasse, agrémentées çà et là de nids de poule à vous en décoller la pulpe du fond.

— Aline, ne pourriez-vous pas rouler plus doucement, j'ai l'impression de voyager en calèche sur une vieille chaussée pavée, ça me tire au cœur.

— Monsieur, sachant où nous nous rendions, je vous avais vivement conseillé le 4X4, la DB5 n'est pas faite pour ce genre d'escapade. Ralentir ne ferait que prolonger votre calvaire, réplique-t-elle de son flegme habituel.

— Ah, vous n'y comprenez rien ! J'ai acheté cette Aston Martin en attendant ce jour ! Ne sentez-vous pas cette ambiance de mystère et d'aventure se profiler ! dis-je avec conviction.

Aline renifle l'air et répond en grimaçant :

— Je sens surtout l'odeur des fertilisants, Monsieur.

— Quelle rabat-joie vous faites !

— Monsieur, au risque d'accentuer l'épithète que vous me prêtez, je croise les doigts pour que les suspensions de cette pièce de musée ne nous lâchent pas avant l'arrivée, sans parler du retour.

— N'ayez crainte ! À l'époque, on faisait du solide, vous en êtes la preuve vivante. De toute manière, nous avons presque atteint les coordonnées GPS indiquées par notre contact.

Ce soir, nous allons rencontrer un homme qui devrait nous en apprendre davantage sur le carnage du 29. Un dénommé Monsieur Rivière, nom qui sied parfaitement à un gros poisson. Par là, je veux dire qu'il est un des pontes de la SIAT, le Service Interministériel d'Assistance Technique. Pour vulgariser, c'est le service d'infiltration de l'état. En dehors de cela, c'est un personnage qui mène un train de vie que je serais bien mal placé de qualifier d'extravagant, mais qui de toute évidence est bien au-dessus de ses moyens. De ce fait, il est endetté jusqu'au cou, une aubaine pour moi. C'est donc muni d'une mallette garnie d'une somme bien plus que suffisante pour l'acquitter de ses dettes, que je compte lui délier la langue.

— Vous avez atteint votre destination, signale sensuellement Katsumi, l'IA de mon smartphone.

— Enfin, nous sommes arrivés ! Deux minutes de plus et je rendais mon dernier repas, dis-je en soupirant.

Aline stoppe la voiture et coupe le contact, l'arrêt du moteur laisse place au chant des grillons et cigales. Nous allumons nos lampes torches dans l'obscurité d'une nuit sans lune.

Happé par l'insondable immensité de l'espace, je ne peux m'empêcher de lever les yeux au ciel pour me baigner dans cette mer infinie d'étoiles et de galaxies. Durant un court instant, j'éprouve le vertige de ma petitesse devant la création.

— Monsieur, êtes-vous certains d'avoir saisi les bonnes coordonnées, je ne vois rien en dehors de pâturages ? me coupe Aline, circonspecte.

— Aucun doute là-dessus, ce sont bien les références GPS indiquées par Rivière, j'ai vérifié par deux fois. Il ne devrait pas tarder, nous sommes légèrement en avance après tout.

Tout à coup, une voix masculine se fait entendre au loin :

— À vrai dire, vous êtes en retard de quinze minutes !

Des ténèbres à la lumière de nos lampes torches, se révèle progressivement la silhouette d'un homme. La cinquantaine, les cheveux grisonnants et vêtu d'un costume haute couture, c'est lui ! Michel Rivière.

— Vous vous dissimulez souvent dans le noir pour surprendre les gens ? J'espère que vous n'employez pas cette technique pour vos rendez-vous galants, dis-je ironiquement.

Rivière s'arrête à quelques mètres de nous, avant d'inspecter Aline d'un regard suspect.

— Vous savez ce qu'on dit, on n'est jamais trop prudent, et puis il n'était pas convenu que vous soyez accompagné si je me souviens bien.

— Allons bon, ne soyez pas si méfiant, c'est ma major d'homme, elle est absolument inoffensive. C'est d'ailleurs avec elle que vous avez conversé au téléphone.

Aline acquiesce d'un hochement de la tête, tandis que Rivière l'observe une dernière fois du coin de l'œil avant de reprendre :

— Bon très bien… vous avez ce que j'ai demandé ?

— Oui, deux millions en grosses coupures ! La somme complète se trouve là-dedans, vérifiez par vous-même, lui dis-je en tendant la mallette.

— Posez-la à deux mètres devant vous et reculez.

Manifestement, notre hôte reste prudent. Ne voulant pas le contrarier je suis ses instructions, puis il avance à son tour jusqu'à la mallette. Il se met alors à genoux pour l'ouvrir à même le sol et en inspecte minutieusement le contenu.

— Le compte à l'air d'y être, je vais vous faire confiance, dit-il d'un ton satisfait en se redressant.

Une fois sur ses deux jambes, il serre la mallette contre sa poitrine, indifférent au sort du costume qu'il vient de souiller.

— À votre tour maintenant, lui dis-je.

Son regard se durcit.

— Que souhaitez-vous savoir exactement ? réplique-t-il en descendant d'une octave.

— Tout, dis-je le plus simplement du monde.

— Pourriez-vous être plus précis ? enchérit-il.

— Eh bien, pour commencer, je veux comprendre ce qu'il s'est vraiment passé le 29, au domicile de L'Informaticien.

Rivière inspire profondément, avant de répondre :

— Très bien. Comme vous devez très certainement le savoir, il a été retrouvé mort dans son appartement, ainsi que deux autres hommes identifiés comme membres des Hoodsters, un gang sévissant dans le département de l'Essonne.

— En effet, je suis au courant, j'ai la télé chez moi ! dis-je, ironiquement.

— Ce que vous ne savez pas en revanche, c'est que ces hommes n'appartenaient pas aux Hoodsters, mais au cartel de la corde. C'est un cartel majeur de la « French Connection », que la SIAT a dans le collimateur depuis trois décennies.

Contrairement à ce que croit Rivière, je tiens déjà cette information de Kane et Marie, mais ayant promis de ne pas les impliquer plus, je ne les mentionnerai pas. Je décide donc d'enchaîner sur la question suivante :

— Comment un simple pirate informatique, aurait-il pu venir à bout de deux mafieux chevronnés ?

Rivière grimace, exprimant de la sorte son embarras.

— À vrai dire, cela reste un mystère. Il y avait cependant une théorie à la SIAT, nous pensions qu'il avait été averti de leur arrivée.

— Très bien, mais par quelle source ? dis-je, perplexe.

— Tout est possible, peut-être avait-il un complice au sein des Hoodsters, ou disposait-il d'un moyen d'écouter leurs communications ? Après tout, il a bien piraté la mafia. Une chose est certaine, il était préparé quand ils ont débarqué et d'un autre côté le cartel a véritablement bâclé cette opération.

— Bâclé ? C'est un adjectif qui ne leur sied point.

Rivière confirme mes doutes d'un petit hochement de tête répétitif.

— Peut-être, mais comment expliquer autrement le fait, qu'ils aient employé des membres des Hoodsters pour compléter leurs équipes d'intervention ? Et ce n'est pas tout, un de nos agents infiltrés chez les Hoodsters a été témoin d'une partie des évènements ce jour-là.

Un agent infiltré… Rivière doit probablement parler de Kane.

— Cet agent a participé malgré lui à l'épisode du 29 et nous a révélé deux points cruciaux. Le premier : C'est une défaillance des Hoodsters, qui a permis à L'Informaticien de pirater le cartel, du moins en partie. Par la suite, les Hoodsters se sont vus contraints d'être affiliés au cartel de la corde. Le second : Lors du piratage, L'Informaticien a mis la main sur un artefact d'une extrême importance.

— Un « artefact » ? Vous n'avez donc aucune idée de ce que c'est.

— Peut-être, mais c'est sans nul doute ce qui a poussé le cartel à prendre autant de risques, répond Rivière.

— Très bien, mais ça n'explique en rien le fait que toute implication de la mafia ait pu être écartée de la version officielle des évènements. À moins bien sûr, que la SIAT ait été soudoyée ?

Rivière soupire visiblement irrité par mon insinuation.

— Écoutez, si vous pensez déjà tout savoir, autant que je parte, rétorque-t-il sèchement.

Aline me lance un regard suggérant de calmer le jeu. Je décide donc de m'excuser, chose peu commune. Rivière reprend :

— Tout est lié, mais ce n'est pas ce que vous imaginez. Bien sûr, je ne doute pas qu'il existe quelques éléments véreux dans nos services, mais de là à faire rayer le mot cartel de tous les rapports, il y a un monde. La SIAT est parfaitement intègre ! Jamais nous ne nous associerions à la mafia ! affirme Rivière.

— Votre intégrité semble pourtant avoir un prix, vous êtes bien ici ce soir, à me révéler des informations confidentielles moyennant finance.

Aline me fait à nouveau signe, mais cette fois je feins de ne pas la voir. Rivière objecte sans perdre de temps :

— Ce n'est pas la même chose ! Je me considère comme un lanceur d'alerte. Cette somme d'argent que je perçois, c'est une assurance au cas où les évènements tourneraient mal pour moi, justifie-t-il en soulevant la mallette.

— C'est une façon de voir les choses. Donc, si ce n'est pas le cartel, qui a fait pression sur la police ? demandé-je.

— Cela vient d'en haut. Je le tiens du directeur général de la police nationale, un de mes amis, répond mon interlocuteur.

— Vous voulez dire que des membres du gouvernement seraient liés à la mafia ?

Rivière conteste d'un mouvement de tête.

— Non, décidément vous n'y êtes pas ! Voyez-vous, dans toute démocratie il existe des hommes de l'ombre qui tirent les ficelles.

— Des lobbies ? dis-je.

— En quelque sorte, oui. Parfois, leurs actions peuvent paraître n'avoir aucun sens, mais ces gens-là savent des choses que même le sommet de l'état ignore. Ils jouent sur un échiquier invisible au commun des mortels. C'est exactement ce qu'il s'est passé ici, explique Rivière.

— Je ne comprends rien à ce que vous dites. De quelle organisation, de quel lobby parlez-vous ?

— Ils n'ont pas de nom, pas de forme ni de substance, ce sont des fantômes. Leur influence dépasse l'entendement, et leurs directives descendent la pyramide de la hiérarchie comme une cascade dévale une montagne. En moins de temps qu'il n'aurait fallu pour le dire, toutes mentions du cartel avaient été rayées des rapports. Imaginez un peu, les cadavres de L'Informaticien et de ses assassins se sont volatilisés de la morgue, sans que personne se pose de questions ! Je n'avais jamais rien vu de tel de toute ma carrière !

— Comment ça ? La presse n'a jamais rien divulgué de tel ! dis-je, stupéfié.

— Évidemment ! Pensez-vous vraiment qu'on dévoile ce genre d'information au public ? rétorque Rivière.

— Je ne comprends pas ! Pourquoi faire disparaître son corps ?

Rivière grimace à nouveau d'embarras.

— Je ne me l'explique pas moi-même, mais pour en revenir à mon ami haut placé, il m'a révélé une dernière chose.

— Je vous écoute, dis-je, espérant entendre matière qui fasse sens à mes oreilles.

— L'artefact recherché par le cartel, il aurait été mentionné par un de ces hommes de l'ombre sous le nom de « Caes9.exe », divulgue Rivière.

— Un programme ? Vous connaissiez donc au moins la nature de cet artefact !

— Il faut parfois tenir son public en haleine, mais je n'en sais pas plus hélas, et c'est peut-être mieux ainsi, rétorque rivière.

La conversation s'arrête un instant, puis Rivière reprend :

— Maintenant que je vous ai tout dit, je vais m'en aller, et nous ne nous reverrons plus jamais. C'est ce que nous avions convenu, conclut-il.

Encore confus par ce que je viens d'apprendre, j'acquiesce machinalement de la tête.

— Ah, un dernier conseil ! ajoute Rivière. À votre place, j'arrêterais les frais, vous n'imaginez pas dans quel bourbier vous glissez les pieds.

— On m'a déjà mis en garde, lui dis-je.

— Je vois, dans ce cas, adieu.

De la même façon qu'il était venu, Rivière s'efface dans l'obscurité de la nuit. Me laissant avec plus de questions que de réponses.

— J'ai bien peur que cette fois-ci mon enquête ne soit définitivement au point mort, dis-je à Aline, qui comme à son habitude reste de marbre.

— Parfois, il faut savoir jeter l'éponge Monsieur.

— Vous avez peut-être raison, dis-je en soupirant, j'ai besoin de me changer les idées, déposez-moi donc chez Travis.

— À cette heure-là Monsieur ?

— C'est un couche-tard comme moi. Il m'a d'ailleurs laissé un message, il a quelque chose à me montrer, sûrement un nouveau jouet.

Très bien Monsieur, Aline se dirige du côté conducteur de la voiture.

— Euh… non, finalement, c'est moi qui vais prendre le volant cette fois-ci !

XXI — À la vie comme à la mort.

Après plus de quarante minutes passées sur ces maudites chaussées de campagne et cinquante autres sur la nationale, nous arrivons enfin à destination : la propriété des Millers. Le voyage m'a paru long et Aline n'a franchement pas été très loquace sur le trajet, elle n'a même pas réagi à mes petites piques habituelles. La pauvre doit être exténuée, à son âge, suivre un agité dans mon genre ne doit pas être de tout repos.

— Aline, vous m'avez l'air fatigué, vous feriez mieux de rentrer à la villa, moi je vais passer la nuit ici, je vous appellerai demain.

Aline ne me répond pas, elle fixe le rétroviseur, comme hypnotisée par celui-ci.

— Aline ? Aline, êtes-vous là ? dis-je en claquant des doigts près de son visage.

— Ah ! Veuillez m'excuser, je pensais à autre chose. Très bien, je viendrai vous chercher dès que vous me téléphonerez.

— Bon, à demain alors. Reposez-vous, vous l'avez bien mérité.

Je descends de la voiture, laissant ma place à Aline. J'appelle ensuite Travis qui ne tarde pas à décrocher.

— Allô ? dit Travis, d'une voix altérée par l'alcool.

Je fais signe de la main à ma majordome pour lui indiquer qu'elle peut y aller.

— C'est moi, ton milliardaire préféré, je n'ai pas osé utiliser l'interphone de peur de réveiller tes parents.

— Ah, ça ne t'en fait pas, je suis seul, ils sont tous partis en croisière, je t'ouvre, retrouve-moi directement en bas.

— Très bien Travis, à tout de suite.

La grille s'écarte. Je franchis successivement la cour et la grande porte puis je descends les escaliers menant au sous-sol. Profitant de traverser la cave à vin, je saisis une bouteille de champagne au passage. J'ai pris mes aises avec les Millers. Il faut dire que je passe beaucoup de temps avec Travis et son père, et ce dernier m'a à la bonne, il ne m'en tiendra pas rigueur.

La porte sécurisée est grande ouverte, à travers elle, j'aperçois Travis vêtu d'un simple peignoir. Affalé sur un sofa, il tient un verre de whisky d'une main et un trois feuilles de l'autre.

— Boire ou fumer, il faut choisir mon cher Travis ! lui dis-je, amusé de le voir ainsi.

Travis souffle un anneau de fumée dans ma direction.

— Laisse donc les autres choisir l'ami, et rejoins-moi avec cette bouteille qui provient manifestement de la cave de mon père, réplique-t-il.

Il sort alors une télécommande d'une des poches de son peignoir et en presse un des boutons. Derrière moi, la porte sécurisée se ferme automatiquement.

— Vous avez motorisé la porte ?

— En effet, mais ce n'est pas ce que je voulais te montrer, regarde derrière toi, dit-il en usant à nouveau de la télécommande et l'agitant à la manière d'une baguette magique.

— Père et moi, avons trouvé un terrain d'entente, ou plutôt devrais-je dire nous avons coupé la poire en deux.

M'attendant au pire du mauvais goût, je me retourne lentement. En un instant, le fond du hangar s'allume. Un éclairage au ton rougeâtre post apocalyptique, nuancé ici et là d'un bleu nuit, s'abat sur un décor de western non conventionnel. Tout y est, saloon, chapelle, ruelles, une parfaite reconstitution ! Ceci au détail près que les automates qui apparaissent çà et là, croque-mort, cow-boy et multitude d'autres personnages, sont affligés d'un état de décomposition avancé.

— Vraiment ? Un western avec des morts-vivants ? lui dis-je, incrédule.

— Dans le mille, c'est bien ça, un western zombie ! Clame Travis, tout en m'éructant son haleine de soûlard au visage. Le bougre ne doit pas en être à son premier verre.

— Alors, qu'en penses-tu ?

— Je trouve ça… original…, en tout cas, on voit le souci du détail. Mais es-tu bien certain de vouloir tirer à balle réelle là-dedans ? Ne risque-t-on pas de casser un mécanisme ou de rompre un câble électrique ?

— Mais non ! Ne t'en fais pas, les parties critiques sont couvertes d'une épaisse couche de blindage, regarde !

Travis s'empare d'une mitraillette de l'armurerie et s'engage en titubant dans l'allée centrale de la reconstitution.

— Euh Travis, es-tu bien certain que ce soit une bonne idée, tu as vu dans quel état tu es ?

Feignant de ne pas m'entendre, cette fripouille se met à tirer de courtes rafales en direction des cibles. Les projectiles fusent de toutes parts, peinant à faire mouche. De peur de me prendre une balle perdue, je préfère m'accroupir.

Après avoir vidé son chargeur, Travis revient vers moi avec l'air niais typique d'un homme ivre.

— Tu vois ! Je te l'ai dit, c'est incass…

Soudain, un bruit sourd émane de la porte sécurisée, comme si on avait violemment frappé dessus avec un objet lourd. Travis et moi nous tournons dans sa direction. Le bruit retentit à nouveau, encore et encore.

— Tu attends quelqu'un d'autre ? dis-je à Travis, alors que les coups se succèdent.

Tentant de rassembler ses idées, Travis fronce les sourcils, puis remue la tête pour me signifier que non.

— C'est peut-être ta majordome, dit-il.

— Non, j'ai bien dit à Aline que je passais la nuit ici, elle n'est pas du genre à s'acharner ainsi.

— Bon, je crois que le plus simple c'est d'aller s'en rendre compte par nous même, s'exclame Travis en se dirigeant vers le visiophone situé à droite de la porte sécurisée.

— Tu aperçois quelque chose ? dis-je, inquiet, tandis que le vacarme cesse.

— Je vois plusieurs hommes ! Ils étaient en train de frapper la porte avec une sorte de bélier ! Mais qu'est-ce que ça veut dire ?

Travis active la communication et hurle comme un fou dans le micro :

— Hé ho ! Vous faites quoi là ! C'est une propriété privée ici ! J'appelle tout de suite la police !

Soucieux d'en savoir plus, je me dirige à mon tour vers la porte. Travis se tourne vers moi :

— Ça y est, ils partent ! J'ai dû leur faire peur. Sûrement des cambrioleurs ! Je ne me voyais pas contacter la police avec l'arsenal qu'on a…

Brusquement, tout devient blanc, un souffle chaud me propulse en arrière et alors que ma vision revient, je me trouve étalé à six mètres d'où je me situais l'instant d'avant. Ma tête tourne comme si je descendais d'un tourniquet et mes oreilles souffrent d'un sifflement strident, unique son que je perçois. Devant moi, une cavité embrasée a remplacé la porte sécurisée. Travis gît à quelques pas de moi, inanimé. Que s'est-il passé, une explosion ? Je me redresse aussi péniblement que si j'avais pris un KO et me traîne de douleur jusqu'à mon ami. Je lui parle sans entendre ma propre voix et le secoue, mais il ne réagit pas. Mon ouïe se rétablit progressivement, je perçois des sons de voix venir de la cavité encore fumante.

Travis est peut-être déjà mort, je n'ai pas le choix si je veux survivre, je dois l'abandonner là. Ces hommes sont dangereux. Priant pour qu'ils le laissent pour mort, je fouille les poches de mon ami pour en sortir la télécommande de l'armurerie. Aussitôt cette dernière ouverte, je saisis un M16A1 ainsi que deux chargeurs que je bourre dans les poches de ma veste. Je cours ensuite en direction du saloon, en prenant soin de rabaisser le rideau métallique de l'armurerie d'une pression sur la télécommande.

Les hommes émergent un à un de la fumée, j'ai tout juste le temps de franchir les portes battantes du saloon avant qu'ils ne m'aperçoivent. Je me cache alors derrière le comptoir, la pire planque du monde. À côté de moi, les gémissements de l'automate du barman confèrent une dimension complètement surréaliste à la scène, presque grotesque. Profitant du temps qui m'est donné, je charge mon M16 et retire la sécurité. Je n'ai pas choisi cette arme par hasard, c'est celle que j'ai le plus maniée durant mes séances de tirs avec Travis.

J'entends des bruits de pas qui approchent, mon cœur va exploser. C'est eux ou moi et en toute honnêteté, je ne parierais pas un rouble sur ma propre survie. Est-ce que c'est ce qu'il a ressenti avant de mourir ? Une terreur mêlée d'excitation, les sens s'éveillant au maximum de leur potentiel. Je me tiens près, je suis sur le ring !

Le grincement des portes battantes m'indique que quelqu'un vient d'entrer dans le saloon. Il approche, je dois le surprendre pour garder l'avantage, être imprévisible. Estimant grossièrement sa position au son de ses pas, je me dresse et tir une salve sur mon adversaire qui par chance ne regardait pas dans ma direction. L'homme observe son abdomen d'où s'échappent ses viscères avant de s'écrouler.

Je viens de prendre une vie, mais n'ai pas le temps d'intégrer l'information, car les autres vont rappliquer. Ils savent désormais que je suis armé. Pour ne rien arranger, le recul et le bruit de la rafale que j'ai tiré me font à nouveau tourner la tête, je dois avoir une commotion cérébrale. Mais ce n'est pas le moment de me lamenter, je dois sortir d'ici au plus vite sans quoi je serai fait comme un rat. La seule option qui se présente à moi est une petite fenêtre située au fond du bar et donnant sur une ruelle arrière.

Après l'avoir franchie tant bien que mal, je décide de me

dissimuler dans une charrette pleine de foin. Je peux enfin reprendre mon souffle, mais je sais que l'accalmie ne sera que de courte durée. La reconstitution du village, bien qu'impressionnante, ne dispose que de deux axes principaux et de quelques étroites ruelles comme celle où je me suis caché, ces hommes en feront rapidement le tour.

De ma position, je peux voir la sortie encore fumante. En courant, je pourrais l'atteindre en 15 à 20 secondes, mais je serai probablement mort avant ça. À une vingtaine de mètres à ma droite se trouve déjà l'un d'entre eux, il fouille méthodiquement chaque recoin. Si je veux avoir la moindre chance, je dois d'abord m'en débarrasser.

Je n'ai pas droit à l'erreur, j'attends patiemment qu'il approche à une distance d'où je ne pourrai pas le rater. D'une simple pression de l'index, je tue à nouveau, c'est si facile, me dis-je.

Lâchant mon arme, je bondis de la charrette et cours le cent mètres de ma vie. Les chargeurs restés dans mes poches tombent derrière moi. L'arrivée paraît s'éloigner, comme si l'espace-temps se dilatait un peu plus à chacune de mes foulées. Pardonne-moi Travis ! Si je m'en tire, je promets de revenir avec la police, tiens le coup jusqu'à mon retour si tu es encore en vie !

Après ce qui me semble une éternité, j'atteins enfin la sortie, mais au milieu de la fumée se dissipant, je distingue une ombre. Un homme me tient en joue avec un Makarov, un pistolet encore récemment utilisé par l'armée russe. Je le sais, car Travis en possède un. C'est absurde de penser à ça dans un moment aussi crucial.

Glacé d'effroi, je m'arrête net et observe l'individu. Il est grand, frêle et paraît avoir la trentaine en dépit des cheveux blanc-platine ondulants jusqu'à ses épaules. Ses yeux sont d'un bleu à lire votre âme, encavés entre un front proéminent et des pommettes saillantes, elles-mêmes surplombées par un nez long et crochu. Malgré le caractère exotique et sévère de son visage, l'ensemble est harmonieux.

— Pas mal pour un fils à papa, si je n'étais pas resté en retrait tu aurais pu t'échapper. Maintenant, lève tes mains et recule doucement, m'ordonne-t-il d'un accent à peine perceptible et difficilement discernable.

Je m'exécute sans discuter. Transi de peur, je manque de trébucher sur un morceau de béton arraché dans l'explosion. Les autres ne tardent pas à nous rejoindre, l'individu aux cheveux blancs s'adresse à l'un d'entre eux dans une langue que j'identifie comme slave. L'intéressé secoue la tête de gauche à droite en guise de réponse.

Je ne sais pas ce qu'il vient de se dire, mais l'homme aux cheveux blancs me jette un regard noir de colère.

— Mets-toi à genoux ! vocifère-t-il, furieux.

L'éclair glacé de sa voix me transperce et suffit à me faire plier sans volonté.

— Ivan, Marko, ils étaient tous deux des compagnons de longue route ! Ah ! C'est ma faute ! Je t'ai sous-estimé, peste-t-il.

Cherchant à retrouver son calme, il prend une profonde inspiration.

— Écoute-moi bien maintenant. Tu es déjà mort, la seule chose sur laquelle tu peux influer désormais, c'est la façon dont tu vas périr. Je vais donc te poser des questions et si tu réponds à chacune d'entre elles, alors tu bénéficieras d'une fin rapide et sans douleur. Dans le cas contraire… tu sais à quoi t'attendre. Me suis-je bien fait comprendre ?

Bien conscient de mon impuissance, j'acquiesce d'un hochement de tête.

— Très bien, commençons. Pourquoi t'intéresses-tu as L'Informaticien et au massacre du 29 ?

C'est ma faute, c'est moi qui les ai attirés ici. Font-ils partie du cartel ?

— Je crois que ma réponse ne va pas vous plaire…

Ma phrase est à peine finie, qu'il me donne un violent coup de crosse avec son pistolet en pleine mâchoire. La brutalité du choc me fait cracher une gerbe de sang accompagnée d'une molaire en céramique sur pivot.

— Écoute bien, me dit-il en desserrant le col de sa chemise, dévoilant ainsi un tatouage représentant une corde courant autour de son cou.

— Tu sembles ne pas comprendre à qui tu as affaire. Tu vois ce symbole, il signifie que j'appartiens au cartel de la corde. On me surnomme Chuck, je suis le bras droit du Parrain. C'est moi qui décide ce qui me plaît ou non, suis-je bien clair ? Sache que nous te suivons depuis un moment déjà, nous avons écouté ta conversation avec Rivière. Nous savons qui tu es et ce que tu prétends être. Tu pensais me dire que c'est un jeu pour toi un passe-temps peut-être. N'est-ce pas ?

Pris d'une soudaine rage, je le regarde droit dans les yeux. Mon esprit combatif me dit de lui sauter dessus, mais il n'est pas seul. Je n'ai pas d'autre choix que de lui répondre, pour gagner du temps, réfléchir à un plan, aussi désespéré soit-il.

— Au début, ça l'était, mais c'est rapidement devenu une obsession. J'y ai consacré une bonne partie de mon temps et une somme d'argent considérable, dis-je.

— Le monde recèle suffisamment de mystères, pourquoi cette affaire ? Tu devais bien te douter que tôt ou tard tu allais t'attirer des ennuis non ?

Si je mens, cet homme le devinera de suite. M'essuyant le filé de sang qui coule de ma bouche, je me décide à dire la vérité :

— L'intérêt que je porte à L'Informaticien, je ne me l'explique pas moi-même. C'est peut-être le caractère morbide de son attitude suicidaire qui me fascine, qui sait ? Quant au danger, c'est probablement ce que je recherche.

Chuck fait les cent pas devant moi en agitant son arme.

— Une réponse si absurde ne peut-être qu'authentique. Très bien, à présent tu vas déballer tout ce que tu as appris au sujet du programme « Caes9 », m'ordonne-t-il.

— Je ne comprends pas, c'est bien à vous que L'Informaticien a dérobé ce satané logiciel ? Comment serais-je censé en savoir plus que vous ?

Chuck me frappe à nouveau de la crosse de son pistolet, manquant tout juste de me faire perdre connaissance.

— Après avoir interrogé Rivière, je me doutais que tu n'en saurais pas plus que lui. Tu ne me sers donc à rien. Comme promis, je vais te donner une mort rapide et sans douleur.

Son arme se dresse devant moi. Ce n'est pas comme ça que je l'avais imaginé, ma fin. Non ! Je dois gagner du temps.

— Attendez ! Attendez ! Et ma dernière volonté ? J'ai une question à vous poser, une seule.

Chuck part dans un fou rire franc et vigoureux.

— Ah ! Tu es très amusant, si tu n'avais pas tué mes camarades je t'aurais peut-être gardé en captivité un moment. Très bien, je te l'accorde, que veux-tu savoir ?

Sans réfléchir, je sors la première chose qui me vient à l'esprit :

— L'Informaticien, comment était-il ?

Chuck surpris par ma question, mets un temps à répondre :

— Je ne l'ai pas rencontré personnellement, dû moins, pas de son vivant. Mais je peux te dire une chose à son sujet : vous partagez un point commun tous les deux.

— Ah oui, lequel ? dis-je en devinant la réponse.

— Eh bien, j'aurai mis fin à vos misérables existences.

Je ferme les paupières, mon ouïe se focalise sur les cliquetis distinctifs du chien de son pistolet s'armant. Ce sera la dernière chose que j'entendrai ? Aurai-je le temps de percevoir la détonation qui mettra un terme à ma vie ?

Un ! Deux ! Trois coups de feu ! Comment est-ce possible ? N'a-t-il pas visé ma tête ? Je ne sens rien ! M'a-t-il raté à une si courte distance ? Joue-t-il avec moi ?

J'ouvre les yeux comme si c'était la première fois. Chuck se tient la poitrine, une tache rouge s'étend sur sa chemise blanche. J'observe tout autour, ses hommes sont à terre. Mon bourreau tombe à genou devant moi en prononçant le nom « Alice », puis glisse sur mon épaule, dévoilant derrière lui une silhouette brandissant un revolver encore fumant.

Je ne la reconnais pas immédiatement tant son expression froide et ses yeux de tueuse me sont inhabituels. C'est Aline, mais une autre Aline. Elle scrute les environs avant de déposer son regard sur moi. Instantanément, son visage se relâche de toute tension et je retrouve mon Aline.

— Monsieur ! hurle-t-elle, je peux lire l'inquiétude d'un parent dans ses yeux.

Le soulagement que je ressens me fait perdre peu à peu conscience, comme si j'avais tenu jusque-là par l'unique force de ma volonté. Juste avant qu'un voile noir ne s'abatte sur ma vision, je pointe Travis du doigt.

…

Par brefs moments, je reprends connaissance, le temps d'un battement de cils. Je gis dans la cour de la propriété des Millers et Travis est allongé à mes côtés. J'aperçois Aline sortir du manoir en flamme.

Un rideau de ténèbres tombe, si sombre que je ne vois plus rien. Je sens juste cette odeur de poudre et de poussière, je la reconnaîtrais entre mille, je suis de retour dans le hangar. Comment est-ce possible ? Je perçois des murmures, ceux des automates, tout autour, ils s'approchent. Je me tourne et retourne dans toutes les directions, mais en vain, il n'y a que le noir, pourtant je devine leur présence, ils sont là, tout près de moi, tapis dans l'ombre. Tout à coup, une main ensanglantée m'attrape par l'épaule et j'entends Chuck me chuchoter à l'oreille : c'est toi, tu n'es pas mort !

Je me réveille en sursaut, la lumière du jour m'éblouit, je suis en nage. Où suis-je ? Ce n'est pas le hangar…

— Tout va bien, calmez-vous, vous êtes à l'hôpital, vous n'êtes plus en danger. Me rassure Aline, se trouvant comme toujours à mes côtés.

Elle me passe un chiffon imbibé d'eau froide sur le front. Ses vêtements sont couverts de cendres.

— Comment vous sentez-vous monsieur ?

Je tente de répondre, sans toutefois y parvenir, ma gorge desséchée m'en empêche. Aline me sert aussitôt un verre d'eau que je vide d'un trait.

— Vivant… je crois, dis-je en articulant douloureusement la mâchoire. Et Travis ?

— Monsieur Millers est en vie. Bien que les médecins aient été obligés de le maintenir sous coma artificiel à cause de ses multiples fractures, il ne risque plus rien.

— Quel soulagement ! j'ai bien cru qu'il était mort par ma faute.

Aline sourit avec bienveillance.

— À présent, vous devez vous reposer, les médecins ont dit que vous aviez deux côtes fracturées, la mâchoire fêlée, ainsi qu'une légère commotion cérébrale.

— C'est tout ? dis-je sur un ton plaisantin.

Je vois que Monsieur a retrouvé son humour si particulier, me voilà rassurée. Si Monsieur le permet, j'aimerais retourner à la villa le temps de prendre une douche et de me changer.

— Oui, mais avant ça, approchez-vous.

Aline s'avance.

— Encore un peu, dis-je en insistant.

Ignorant la douleur engendrée par mes blessures, je l'agrippe d'une longue et forte étreinte. Aline ne sait comment réagir dans un premier temps, puis elle appose à son tour ses mains autour de mes épaules. Cette femme je l'aime comme une mère, elle est mon unique famille, me dis-je intérieurement.

Chuchotant à son oreille, je lui demande comment elle a su. Elle s'écarte de moi en fuyant mon regard. Aline peut parfois être pudique, exprimer ses émotions n'a jamais été son fort. Toutefois, avec le temps j'ai appris à lire entre les interstices de cette façade qu'elle s'impose. Une fois son stoïcisme retrouvé, elle me répond :

— J'avais un pressentiment, l'impression que nous avions été suivis depuis notre rencontre avec ce Monsieur Rivière, c'est probablement pourquoi vous m'avez trouvée soucieuse.

— Oui, je m'en souviens en effet, lui dis-je.

Aline reprend :

— Après vous avoir laissé, je me suis dit que la fatigue devait me jouer des tours. Je suis donc parti en direction de la villa. Mais sur la route, le doute m'a de nouveau gagné et j'ai décidé de faire demi-tour. En arrivant à proximité du manoir, j'ai entendu une explosion. J'ai fait tout mon possible pour vous rejoindre au plus vite, mais deux hommes armés gardaient l'entrée. Il a fallu que je m'occupe discrètement de leur cas. Je me suis alors emparée du pistolet de l'un d'entre eux. La suite vous vous en souvenez sûrement.

— Une majordome contre deux gangsters armés, ils n'avaient aucune chance ! Rappelez-moi de ne plus jamais me moquer de votre instinct, lui dis-je.

— Je n'y manquerai pas Monsieur, répond Aline.

— Il faudra tout de même que vous me racontiez votre jeunesse tumultueuse un de ces jours.

Cela me fait tout à coup penser aux cadavres disséminés sur la propriété des Millers et à l'incendie.

— Et… la police, les corps, l'armurerie ? dis-je en chuchotant.

— Ne vous en faites pas pour cela Monsieur, je me suis occupé de tout. Officiellement, il y a eu un incendie. L'accès au hangar n'existe plus, il n'a jamais existé. Maintenant, vous devriez plutôt dormir.

Après le départ d'Aline, impossible de trouver le repos, les évènements défilent dans ma tête de façon désordonnée. Les visages, l'explosion, les coups de feu, le sang, les morts, l'incendie, tout tourne en boucle dans mon esprit. Néanmoins, la fatigue finit par avoir raison de moi et je plonge à nouveau dans un profond sommeil.

Un miroir me fait face. Le reflet que j'y vois n'est pas le mien, mais celui d'un visage presque familier. C'est bien lui, L'Informaticien. Avec sérénité, il s'adresse à moi et me raconte son aventure. Il dépeint une tentative de suicide échouée qui s'est muée en une quête inquisitrice irrationnelle. Je vis sa peur lorsqu'il relate ses combats, sa culpabilité d'avoir tué. Je ressens sa peine quand il mentionne ses parents, assassinés par sa faute. Je me nourris de sa parole sans rien dire, car j'ai l'intime conviction que nous sommes connectés. Il lit mes pensées comme je lis les siennes. Tout me paraît si tangible et sensé, plus encore que la réalité elle-même. Mon alter ego parvient à la fin de son récit et conclut sur ces mots :

Ne gâche pas cette nouvelle chance !

XXII — Le huitième jour.

Cinq mois se sont écoulés depuis « L'incendie du manoir des Millers », comme il a été titré dans le journal local. Ni corps ni armes n'ont été retrouvés sur les lieux, Aline a tout nettoyé et je la suspecte même d'avoir provoqué l'incendie pour effacer toutes traces de ce qu'il s'est passé ce soir-là. Je me demande encore comment cette vieille dame a pu accomplir un tel exploit.

Quant à Travis, il est finalement sorti de l'hôpital après quelques mois de convalescence. Tout ce dont il se souvient, c'est avoir pris une mauvaise cuite. C'est donc moi qui ai donné la version « officielle » des évènements : une défaillance technique d'un des automates aurait causé l'incendie. Travis et moi étant bien trop ivres pour gérer ce dernier, il aurait rapidement atteint le stock de munitions déclenchant une explosion à laquelle nous aurions miraculeusement survécu.

Bien sûr, j'ai voulu dédommager les Millers, mais ils ont catégoriquement refusé. Depuis, Travis s'est juré de ne plus tenir une arme à feu à défaut d'arrêter l'alcool. C'est peut-être le seul point positif de cette affaire.

Me concernant, j'ai décidé de stopper mon enquête, le programme « Caes9 » restera une énigme et c'est peut-être mieux comme ça.

Je crois comprendre ce que voulait faire « L'Informaticien », il ne se prenait pas pour un justicier. Je pense qu'il était simplement écœuré par la laideur de ce monde. Il est facile de juger ses actes, car de nombreuses personnes ont trouvé la mort par sa faute. Mais il y a une chose qu'on ne peut pas lui retirer, c'est qu'il a donné tout ce qu'il avait, il s'est battu tout en sachant que sa cause était désespérée. Personnellement, je trouve cela noble.

Depuis mon rêve, j'ai décidé de faire la même chose, mais je vais m'y prendre autrement. Ma vie et ma fortune, je les dédierai toutes deux à faire le bien. Qu'importe que ce soit quelques gouttes d'eau dans l'océan.

— Monsieur ! N'oubliez pas votre traitement, me rappelle Aline en me tendant mon pilulier, m'extrayant par la même de mes pensées.

— Oui, oui tout à l'heure, lui dis-je.

Au loin, on aperçoit un bus approcher.

— Je crois que les enfants de l'orphelinat arrivent, Monsieur.

— Déjà ! Tout est prêt ? dis-je, complètement dépassé.

— Oui Monsieur, répond Aline.

J'ai organisé une véritable fête foraine sur ma propriété, je n'ai pas lésiné sur les moyens. Manèges, stands de confiserie, musiciens, clowns, feux d'artifice, tout y est ! Les enfants que j'accueille à la sortie du bus n'en croient pas leurs yeux. Voir leur joie me procure un sentiment de complétude plus important encore que lors de mon combat amateur.

Quand la journée se termine, avant de remonter dans le bus, la directrice de l'orphelinat me donne un gâteau au pain d'épices confectionné par les enfants. En rentrant dans la villa, j'en coupe une part que je mords à pleines dents. C'est alors qu'un flash-back me vient à l'esprit.

Je suis au beau milieu d'une fête foraine, je tiens la main d'un homme, celui-ci se baisse vers moi pour me tendre un petit cochon en pain d'épice. L'homme est roux avec une moustache. Le flash se termine sur ces mots que j'entends sortir de ma bouche : « Merci papa ».

Comment est-ce possible ? S'agit-il vraiment d'un souvenir ? Sur toutes les photos que j'ai pu voir, mon père était brun. Et ce visage, bien qu'il me soit familier, ce n'était clairement pas le sien. Qu'est-ce que tout cela veut dire ? Ah ! Ma tête, elle me fait horriblement mal, que se passe-t-il ? Tout tourne autour de moi. Je ne tiens plus debout, je tombe à genou et rends mon dernier repas, tout devient flou je…

J'ouvre les yeux sur un plafond que je connais trop bien, celui de ma chambre. Ce plafond auquel je ne prête habituellement aucune attention, aujourd'hui, il m'agace, il est trop lisse, trop parfait.

Je tourne la tête et tombe sur Aline, assise sur une chaise dans un coin de la pièce, elle est en train de lire.

— Il raconte quoi votre bouquin ?

Aline ferme son livre des deux mains et me répond :

— C'est un roman d'une certaine Madame Ono, auteure japonaise. L'histoire parle d'une jeune étudiante qui se sent étrangère à notre monde, et lors d'un évènement se déroulant au début du récit, elle va découvrir qu'elle y est née par erreur.

— Comment peut-on naître par erreur dans un monde ?

Aline inspire.

— C'est une mécanique complexe, mais pour simplifier l'explication, à de rares occasions, notre monde et le sien se connectent par l'intermédiaire d'un vortex. Ce dernier aurait la capacité d'arracher l'âme d'un être pour la transférer dans l'autre monde et vice versa.

— Un peu farfelu, vous ne trouvez pas ?

— Ce n'est qu'un roman, une fiction, mais quand on y réfléchit, la réalité que nous vivons chaque jour ne l'est pas moins. C'est juste que nous sommes familiers aux lois qui régissent notre microcosme. Tout ce qui en sort pourrait être qualifié de farfelu. Si je vous disais qu'il existe un monde sur lequel il pleut des diamants, trouveriez-vous cela crédible ?

— Assurément pas, lui dis-je.

— Eh bien, sachez qu'il pleut des diamants sur Jupiter. C'est pourtant une planète qui à l'échelle de l'univers, se place à portée de notre main. Je vous laisse imaginer les innombrables étrangetés qui doivent parsemer l'infinité du cosmos, argumente Aline.

— Vous avez raison, lui dis-je, amusé par l'idée.

— Monsieur, depuis combien de temps n'avez-vous pas pris votre traitement ?

Ça y est, je vais encore avoir droit à un sermon.

— Deux jours, il me semble.

— Monsieur, vous savez, dans « traitement journalier », il y a « journalier ».

— Oui, je sais, on ne m'y prendra plus !

Aline se lève et s'apprête à me laisser quand elle se retourne pour me dire :

— Je vous ai posé un change propre sur votre chaise, à plus tard, Monsieur.

Je me rends compte que je suis en sous-vêtements sous ma couverture.

— Aline ?

— Oui Monsieur ?

— Les albums de famille, où sont-ils ?

— Ils sont restés au domaine de vos parents, dans le château, désirez-vous que j'aille les chercher ?

— Non, ça ne sera pas nécessaire. Merci Aline.

Le domaine de mes parents se trouve à deux heures de routes d'ici, je décide d'y aller le lendemain. Je pars aux aurores avec la Cagiva. Après que Nadine me l'a confiée, j'ai entrepris de la faire réparer : révision complète et installation d'un nouveau rétroviseur. Elle est comme flambant neuve.

J'ai beau avoir de nombreuses motos de luxe, c'est celle-ci que je préfère. Je dois avoir une attirance pour les objets ayant une histoire.

La route se passe bien. Le temps est clair et je rencontre peu de circulation. De telle façon, que j'arrive sur place avec un bon quart d'heure d'avance sur mes prévisions.

Cela fait une éternité que je n'ai pas mis les pieds ici. Le gazon s'est transformé en véritable champ, cela me rappelle que je n'ai pas fait entretenir le domaine depuis ma sortie de l'hôpital.

En parvenant au château, je découvre que la porte principale est fracturée. À l'intérieur, les lieux sont vandalisés, les meubles sont sens dessus dessous et l'air est empesté d'une forte odeur d'urine. J'aurais peut-être dû engager un gardien. Bizarrement, cela ne me touche pas plus que cela, comme la première fois, je n'éprouve aucune attache émotionnelle pour cet endroit.

En arrivant à la bibliothèque, là où je m'attends à trouver les albums de famille, je découvre ces derniers éparpillés sur le sol. Je m'assieds et commence à les feuilleter, à la recherche de l'homme de ma vision.

Je ne vois pas le temps passé, à tel point que quand j'en ai fini, le soleil se couche déjà. Je n'ai rien trouvé, pourtant, ce visage, il m'est familier, j'en suis sûr. En pensant à cet homme roux, une image me revient subitement à l'esprit, celle d'une photo des parents assassinés de L'Informaticien.

L'idée me glace le sang. Pris par l'incertitude, je me dresse et me précipite dehors pour regagner rapidement ma Cagiva. Je démarre le moteur et roule à tombeau ouvert jusqu'à ma villa. En arrivant, je fonce au sous-sol et ouvre le coffre-fort dans lequel j'ai archivé toutes les informations accumulées sur L'Informaticien. Je saisis le paquet de journaux liés à l'affaire et retrouve l'article en question. L'impression est en noir et blanc, mais il n'y a pas de doute, c'est bien l'homme de ma vision, l'homme que j'ai appelé « papa » !

Est-ce mon esprit qui me joue des tours ? Je dois reprendre mon calme et réfléchir. Il doit bien y avoir un moyen de vérifier si ce souvenir est réel. Je retourne dans ma chambre et allume mon ordinateur portable, j'ouvre le moteur de recherche et tape « fête foraine, cochon en pain d'épice ». Dans les résultats, je trouve « La foire aux pains d'épice », une foire s'étant étalée du 10e au 20e siècle place de la Nation, anciennement nommée « place du Trône » et relocalisée depuis 1965 dans le bois de Vincennes. Autrement dit, c'est la foire du Trône. En approfondissant mes recherches, je découvre que le petit cochon en pain d'épice représente le goret responsable de la mort de Louis VI dit « Le gros ».

Mon esprit n'a pu inventer cela. Ce n'est pas possible, je ne suis pas L'Informaticien, son physique et le mien sont totalement différents. J'ai assez enquêté sur lui pour savoir que nous n'avions ni la même taille ni la même carrure. La chirurgie ne permet pas ce genre de miracle.

Que s'est-il vraiment passé le 29 ? Pourquoi ce nom « Caes9 » ?

— ALINE !!! AAAALIIIIINEEEEE !

En à peine quelques secondes, Aline entre dans ma chambre. Son regard empathique en dit long et elle ne semble pas surprise.

— Aline ! Je suis… je suis… je suis L'In…

— Monsieur, cet homme-là n'est plus. Il a choisi de disparaître le 29.

Je ne suis donc pas mort, d'ailleurs, si je mourais, ce monde s'évanouirait-il avec moi ? Puis-je réellement mourir ? Suis-je un narrateur ou un personnage ?

Épilogue.

Les aventures de notre immortel ne s'arrêteront pas ici. Désormais conscient de sa condition, celui-ci tirera parti de ses connaissances pour pirater les limites physiques de son histoire, du monde dont il est prisonnier.